deserve
better

행복을 찾기 위한 불완전한 안내서

알잖아, 소중한 너인걸

ANNE-MARIE

you deserve better

행복을 찾기 위한 불완전한 안내서

알잖아, 소중한 너인걸

앤 마리 지음

김유경 옮김

데이원

'당신 자신과 세상에 대해 인내하라'

—찰리 하워드 박사

시작하기에 앞서…

내 이야기는 옛날 옛적 불안감 때문에 내가 집을 나서지 못했던 때부터 시작한다.

나는 심지어 배달 음식을 받으러 현관조차 나가지 못했다. 진심으로. 다른 사람들이 나를 어떻게 생각할지 너무나 걱정되고 두려운 마음 때문이었다. 문 뒤의 사람이 어떤 생각을 할지 모른다는 불안감이 나를 잠식했다. 불안감은 나를 은둔자로 만들었고, 나는… 모든 게 두려웠다.

미친 소리처럼 들리리란 걸 안다. 하지만 이건 불과 몇 년 전 일이다. 또한 수천 명의 사람들이 지켜보는 무대에 올라 수많은 군중 앞에서 노래하던 때와 같은 시기의 일이다. 그런데 어떤 이유 때문인지, 다르게 느껴졌다. 내 공연을 많은 사람이 지켜보고 있었지만 그걸 따로 받아들일 수 있었고 그들이 나란 사람에 대해 생각하고 있지 않단 걸, 또는 나를 평가하는 게 아니란 걸 느낄 수 있었다. 그들의 관심은 순전히 음악을 향해 있었고 무대에서 심장이 터져 나가도록 노래할 때는 집에서 내 삶을 망가뜨렸던 불안감이 별문제가 되지 않았다. 악몽은 무대에서 내려왔을 때 다시 시작되곤 했다.

며칠 전, 방을 청소하다가 몇 년 전에 했던 옛 잡지 인터뷰를 발견했다. 앞부분을 조금 읽다 이내 내려놓았다. 끔찍한 기분이 들어 마저 읽고 싶지 않았다. "앤 마리는 그녀가 이곳에 속해 있다고 생각하지 않는다"라는 식의 내용이었는데, '뭐라는 거야. 나는 그곳에 확실히 있었는데' 싶었다. 인터뷰를 읽으며 순식간에 내 삶의 어느 것도 행복하게 느껴지지 않았던 그때의 어두운 장소로 돌아간 기분이었다. 나는 기사 옆에 나란히 실린 사진을 보면서 생각했다. '당시에 나는 내가 어떤 사람인지를 전혀 몰랐구나.'

그때 내 불안감은 심각한 가면 증후군―그 자리에 내가 있으면 안 될 것 같다는 느낌―에서 비롯됐다. 어떤 실수로 그곳에 있는 것이고, 사람들이 그 자리에 합당하지 않은 나를 찾아내고 말 것이라고 믿었을 때 생겨난다. 내 증상은 꽤 심각해서 누가 사인을 요청할 때마다 움츠러들곤 했다. 데뷔 앨범이 플래티넘을 찍고, 브릿 어워드에 후보로 오르고, 다섯 개의 최정상 싱글을 가졌으면서도 나는 '대체 왜

내 사인을 원하는 거지? 나는 대단한 인물도 아닌데'라고
여겼다. 전혀 이해할 수 없었다.

가면 증후군 때문에 나는 내가 누구인지 그리고 내가 어
떻게 보이는지에 대한 자기 의심과 수치심으로 가득 차 다
른 사람들에 그 화살을 돌리기까지 했다. 나는 화나 있었
고, 변덕스러웠고, 매우 민감했으며 나를 칭찬하는 그 누구
도 **절대** 믿지 않았다. 그들이 거짓말을 한다고 생각했으니
까. 그 결과 나는 늘 전장에 나선 상태여야 했고 나의 모든
인간관계는 틀어졌다.

하지만 사실, 나는 나 자신과 싸우는 중이었다.

잡지를 보며 만일 지금 똑같은 질문을 받는다면 어떨지
생각해 보았다. 같은 답변을 할까? 아니, 나는 내 답이 전혀
다르단 걸 안다.

내가 지나온 최근 몇 년이 나를 완전히 바꿔 놨기 때문이다.

신기하게도, 모든 걸 멈추게 했던 2020년 코로나19 팬데
믹이 머릿속을 정리하는 데 도움이 됐다. 나는 거의 포기에
가까운 상황이었는데(솔직하게, 너무 가까웠다), 나를 불행하게

만드는 건 음악이라고 생각했다. 하지만 코로나로 봉쇄령이 내려졌을 때, 음악과 커리어가 삶에서 사라졌음에도 불구하고 여전히 불행은 사라지지 않았다. 결국 내가 문제였다. 그 후 갖은 노력을 하여 나 자신과의 싸움을 벌이던 장소에서 가까스로 빠져나왔다. 테라피를 통해, 독서를 통해, 대화를 통해, 나를 탐구하고 불안감 뒤에 숨은 무언가를 더 알아가기를 통해 먼 길을 돌아 마침내 자아를 발견했다.

나는 이제 새로운 사람이다. 나는 전보다 행복해졌다. (그리고 더 친절해지기도 했다!) 스스로에게 공들이면서부터 삶의 모든 게 나아졌다. 나는 집 밖으로 나갈 수 있고, 혼자 어딘가로 걸어갈 수 있다. 줌zoom에서 사람들과 편하게 대화를 나눌 수도 있다. (인정하겠다. 전화받기는 여전히 어렵지만 노력 중이다.) 지나치게 집착하지 않고 불안해하지 않으면서 머릿속은 한층 더 여유로워졌다.

모든 걸 안다고 말하는 게 아니다. 모든 답안지를 가지고 있지 않다고 먼저 말해 둔다. 다만 나는 많은 걸 배웠고 내가 배운 걸 여러분과 함께 나누고 싶다.

과거 나 스스로를 대했던 것보다 나는 더 좋은 걸 누릴 자격을 가진 사람이며 여러분 또한 그러하기 때문이다.

우리 모두 더 좋은 대우를 받을 자격이 있다.

모든 건 변할 수 있고 **당신**에게는 그걸 바꿀 힘이 있다. 스스로를 위해 노력하고 변하기로 결정한다면 언젠가 지금 하는 행동에 전혀 다른 감정을 느끼게 될 가능성이 높다. 왜냐면 내가 할 수 있는 건 당신도 확실히 할 수 있기 때문이다. 나는 줄곧 모든 일에 다른 사람 탓을 해 왔는데, 지금은 누군가가 나를 그렇게 느끼게 하느냐가 아닌 내가 스스로를 어떻게 느끼느냐가 중요하단 걸 안다. 우리는 본인의 감정에 책임을 져야 한다. 다른 사람들은 당신을 어떤 감정으로 떠밀지 않는다. 당신만이 행동과 결과를 만들어 낸다. 즉, 모든 건 당신 손에 달렸다.

　여담이지만 모든 사람은 무언가와 씨름 중이다. **모든 사람** 말이다. 그들의 삶이 겉으로 얼마나 멋지게 보이는지, 그 사람들이 올린 인스타그램 사진들이 얼마나 대단한지, 얼마나 부유한지 등과는 관계없다. 크거나 작거나 누구에게나 고전하는 문제는 꼭 존재하기 마련이다. 그러니 서로 도와 북돋아 주고 부끄러운 일들에 관해 이야기하자.

　이 책에서는 나의 경험담을 나눠 당신을 도우려고 한다. 나의 성공과 실패에 관한 이야기를 들려주겠다. 정점과 최저점, 짜증 나는 고통과 미칠 듯한 기쁨, 내가 배운 모든 교훈을 담았다.

　나는 최대한 많은 이들의 삶을 내 음악으로 적시길 바란다. 한편 이 책으로는 정신 건강에 관해 가능한 한 많은 대화의 장을 열고 싶다.

확실하게 해 두자. **내가 사람을 고칠 수는 없다.** 이건 마법 같은 해결책이 아니다. 잡지에서 자주 말하는 '이걸 하시면 기분이 좋아집니다'는 **통하지 않는다.** 오히려 말하는 게 정말 도움이 된다는 걸 알아냈다. 이것은 당신에게 주는 선물이다. 내가 당신으로부터 정신 건강과 두뇌 건강에 관한 이야기를 많이 이끌어 낸다면, 나는 잘하고 있는 셈이다.

왜냐고? 미친 일들이 어떻게 느껴질지라도 그건 끝이 아니기 때문이다. 당신은 새롭게 시작할 수 있다. 당신은 선택 **할 수 있다.** 새로운 싸움, 새로운 우정, 새로운 머리 스타일, 무엇이건 간에 가능하단 말이다. 깨어나자, 당당하게, 가능한 가장 행복한 스스로를 만들어 나가자.

이 여정에 함께해 주셔서 감사합니다.

당신에게 전하는 개인적인 영상 메시지

아래 QR코드를 스캔하면(스마트폰의 카메라를 사용), 당신에게 보내는 나의 단독 영상 메시지를 볼 수 있다. 책 전반에 고루 넣을 테니 계속 지켜봐 주시길.

소중한 그대에게 보내는
무작위 감정 안내 지침

당황스러울 때는, 43쪽으로 가시오

기분이 더러울 때는, 58쪽으로 가시오

슬플 때는, 88쪽으로 가시오

수치스러울 때는, 99쪽으로 가시오

외로울 때는, 112쪽으로 가시오

가슴이 미어질 만큼 상심했을 때는, 155쪽으로 가시오

스트레스받을 때는, 202쪽으로 가시오

동기 부여가 되지 않을 때는, 206쪽으로 가시오

자신감이 부족할 때는, 236쪽으로 가시오

불안정하다 느껴질 때는, 260쪽으로 가시오

어떤 방식으로든 이 책을 사용하길. **정해진 규칙은 없다.** 단 한 가지 강조하건대 마음을 열어라. 당신에게 효과적인 아무 방법이나 사용해 상황을 털어놓으며 시작해 보자. 스스로에게 정직해지면 된다. 그럼 당장 시작하자.

수많은 감정의 복합체인 우리는 하루에만도 엄청나게 많은 것을 느낀다. 마음이 이끄는 대로 자유롭게 이 책을 읽었으면 싶다. 시작부터 끝까지 읽어도 좋고, 기분 내킬 때 순서에 구애 없이 원하는 부분만 읽어도 좋다. 어떤 감정을 느껴 힘이 필요할 때, 마음대로 무작위 감정 안내 지침의 특정 페이지를 펼쳐 봐도 된다.

1부

당신에 대해 말해 보자

좋다. 이제 우리의 감정을 깊숙이 들여다보는 것부터 시작해 보자. 우리는 우리 자신을 더 잘 이해하고 *사랑하는* 법을 배울 것이다. 다른 이들이 잘 대해 주기를 기대하거나 요구하기에 앞서 스스로를 잘 대해야 하기 때문이다. 그리고 그건 진짜로 대화에서 출발한다.

나는 내가 어떻게 느끼는지를 절대 말하지 않곤 했다. 내 안에서 불거졌던 모든 슬픔과 불안, 두려움 더 나아가 한 인격체로서 스스로를 어떻게 평가하는지와 내가 어떻게 보이는지를 말하지 않았다. 불안감과 부정적인 생각투성이였던 날 꼭 끌어안아 감추고는 괜찮은 척해 왔다. 이런 태도는 나중에 언급할 지랄맞은 십 대 시절에 상당수 생겨났다.

그러나 나는 당시 속마음을 드러냈어야만 했다. 떠오르

는 온갖 생각을 가족이든 친구든 간에 단 한 사람에게라도, 하다못해 낯선 사람에게라도 털어놓았더라면 상황은 나았을 텐데. 그들은 내게 실제로 벌어지는 일이 무엇인지를 보고 제대로 상황을 판단하게 도와줬을 테고, 내가 안심하도록 나를 좋은 사람이라고 말했을 것이다. 스스로를 구역질난다고 생각하는 걸 멈추고 합리적인 판단을 하도록 도왔을 수도 있다.

내 감정을 털어놓지 못했던 가장 큰 이유 중 하나는
부끄러움이었다.

마치 가져서는 안 될 것을 가진 사람처럼 나는 내 감정이 엄청나게 창피했다. 차라리 만사가 괜찮다고 가장하는 게 더 나았다. '보세요. 여기 앤 마리가 있어요. 그녀는 매우 유명하고 행복하답니다. 걱정할 것 하나 없어요!' 완전 헛소리였고 오히려 속이 더 깊숙이 곪아 갈 뿐이었다.

문제는 나 스스로도 내가 어떻게 느끼는지를 깨닫지 못했다는 점이다. (그러니 당연하게도 내가 어떻게 느끼는지에 관해 다른 사람들에 진실될 수 없었다.) 본인의 감정을 알아야 그걸 더 잘 이해하고 변화를 만들어 나갈 수 있음을 그때는 몰랐다.

어째서 지금은 솔직해졌을까

 지금껏 겪어 온 일 덕분에 나는 과거와 완전히 달라졌다. 이제는 모든 걸 드러낸다! 누구도 내가 내 감정을 공유하는 것을 막을 수 없다. 결과적으로 나는 훨씬 더 행복해졌다. 스스로의 감정을 인지하고, 상황을 털어놓는 것이 얼마나 중요한지 깨달았다. 이 장에서는 몸에 대해 생각하기에서부터 스스로를 돌보기, 소중한 사람들과 관계 맺기에까지 내면에서 일어나는 일에 관해 말하려고 한다. 잘 이해한다면 세상으로 나아갈 자양분을 얻고, 최고의 모습으로 거듭날 수 있다.

 안다. 너무 많은 것을 털어놓아 나 자신을 취약하게 만들고 있음을. 사실 평생 어떤 이야기도 하지 않고, 폐쇄적으로

마음의 문을 닫아 버리는 일도 가능했다. 하지만 이게 더 나를 행복하게 만들다 보니 나는 소리 내어 말하기로 결심했다. 그게 나란 사람이다. 아티스트로 활동하면서부터 나 자신이 될 것, 나란 사람이 정확히 누구인지를 보여 주는 것, 즉 '진실됨'을 지향했으므로 함께 나누고 싶다. 마음의 빗장을 열기가 어렵다 해도 걱정하지 마라. 당신도 더 진솔한 지점에 도달할 날이 머지않아 온다.

'정신 건강'이 덜 무섭게 느껴지도록 만들기

솔직히 '정신 건강'이란 단어는 무척 무섭게 들렸다. 그중 '정신'이란 단어가 나를 겁주는데, 내가 하고 싶은 말은… 도대체 누가 거기에 그런 이름을 붙였을까! 좀 거슬리는 단어지만 나는 사람들한테 이 단어를 두려워할 필요가 없다는 사실을 알려 주고 싶다. 단순히 당신의 빌어먹을 두뇌가 작용했을 뿐이다. 그리고 당신의 머리니 당신이 돌봐야 한다.

심장을 돌보고, 폐를 돌보고, 배를 돌보고,
머리 또한 돌봐야 한다.

만약 나처럼 '정신 건강'이란 문구를 두렵게 여길지라도, 걱정 마라. 당신은 혼자가 아니니까! 그건 오로지 신체 건강 돌보듯이 머리 또한 우선적으로 돌봄을 뜻한다. 여러 방면에서 처리하기가 더 까다롭다. 팔이 부러지면 스스로도 알고 다른 사람들도 보자마자 알아차리기에 도와주려 하지만 형편없는 날을 보내고 슬픔에 빠졌을 땐, 사람들이 알아차리기 쉽지 않고 어떻게 도와야 하는지도 알기 힘들다.

정신 건강은 잘 보이지 않기에 이 책을 읽은 후부터는 감정을 숨기지 않겠다고 약속해 줬으면 한다. 내가 그랬던 것처럼 부끄러워하거나 수치스러워하지 마라. 어떤 감정이든 가져도 된다. 강하고 자신감 넘치는 사람이라 느끼든지 바보 같다 느끼든지 상관없다. 내면에서 일어나는 일에 대응하는 게 더 **중요하다.** 아니면 나중에 문제가 될 수도 있을 테니까.

나라고 항상 백 퍼센트 행복하지는 않았다. 당연히 아니었다! 감정이란 이상하고 예측할 수 없기에 내가 전보다 **훨씬** 더 기분이 좋을지라도 여전히 거지 같은 날도 존재한다. 그런 날엔 기분 좋은 날과 모든 게 똑같이 흘러가도 모든 일이 잡스럽게 느껴진다. 다음 페이지에서 똑같은 일상에도 기분에 따라 달라지는 반응을 살펴보며 정신 건강이 얼마나 중요한지를 느껴 보자.

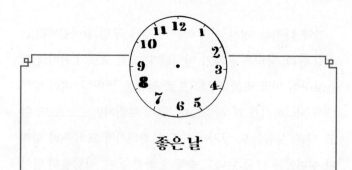

좋은 날

오전 9시 토스트를 태우다 – 어깨를 으쓱하고 다른 조각을
집어넣는다.

오전 11시 트위터에서 악플을 읽는다 – 웃고 무시한다.

오후 3시 문고리에 헐렁한 티셔츠가 낀다 – 빼내고 입는다.

오후 7시 음식 배달이 40분 늦는다 – 상관없다. 〈소프라노스
The Sopranos〉의 다른 에피소드를 보며 시간을 보
내면 되니까!

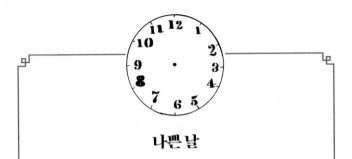

나쁜 날

오전 9시 토스트를 태우다 – 소리를 지르고 조금 운다.

오전 11시 트위터에서 악플을 읽는다 – 좀 더 운다. 그들이 말하는 게 맞다. 난 못생겼고 사람들은 못됐다.

오후 3시 문고리에 헐렁한 티셔츠가 낀다 – "악마의 짓인가?"라고 소리친다. 남은 하루 내내 짜증 난 상태로 온 우주가 나를 미워하는 게 틀림없다 여긴다.

오후 7시 음식 배달이 40분 늦는다 – 레스토랑에 다섯 번 컴플레인을 걸고 이곳저곳에 소리를 지른다. 중간에 단것을 먹는다. 음식이 왔으나 아까 먹은 단 음식 때문에 배가 불러 토할 것 같다. 오예!

오늘 일어나서
거울을 들여다보고,
아싸!
바꾸고 싶은 게
정말 많구나!

부정적인 신체 이미지에 대처하기, 스스로를 사랑하는 법 배우기

어렸을 때는 외모 걱정을 한 적이 없었다. 여느 어린이처럼 삶이란 그런 종류의 것이 아니었다. 내 세계는 가족, 게임 보이Game boy 하기, 오락실 가기와 댄스 머신에서 짜증 날 정도로 내려오지 않기, 친구들과 코스튬 파티 열기, 〈핌프 마이 라이드Pimp My Ride〉 시청하기, 수많은 뮤지컬 연극하기를 위주로 돌아갔다.

나는 두 살 때 춤을 시작했는데, 내가 천재라서가 아니라 엄마와 아빠가 나를 집 밖으로 내보내고 싶었기 때문이 아닐까 짐작한다. 언니 샘은 이미 토요일마다 우리가 살았던 에식스 인근의 무용 학원을 다녔고 나도 따라가고 싶었다. 그래서 사실상 걸을 수 있을 때부터 그곳에 다녔다. 딱히 뭘 많이 하지는 않았는데 사람들이 나를 가리키면서 내가 얼마나 어린지에 대해 말하는 걸 들으며 서 있던 게 기억난다. 우리가 했던 대부분의 쇼에서 나는 주로 넘어지든가 제시간에 무대를 나가지 않는 아이였다. (분명 이 영상들로 〈You've Been Framed*〉에서 250파운드를 딸 수 있을걸.)

무용 학원 선생님들은 내가 정확한 음정으로 노래를 부른다는 걸 안 후 프로덕션 회사에 등록시켰다. 그곳은 아이들을 TV, 영화, 연극 오디션에 내보냈다. 여섯 살 때 처음으로 뮤지컬 레미제라블의 어린 에포닌 역 오디션에 참가해 배역을 따냈다. 내 인생 첫 공연은 일곱 번째 생일 다음 날(언니의 생일), 런던의 웨스트엔드 무대에서였다. 굉장했다. 돌이켜 보면 '맙소사. 그 나이에 어떻게 그렇게 할 수 있었을까' 싶다. 그때 당시에는 이게 얼마나 대단한 사건인지에 대한 개념조차 **없었다.** 순전히 학교를 빠지는 게 너무나 신날 따름이었다.

---

* 〈You've Been Framed〉: 시청자가 찍은 재미있는 홈 비디오를 보여 주는 TV 시리즈로 방영이 확정된 비디오 영상의 주인은 250파운드, 한화로 약 40만 원을 받는다.-편집자주

첫 공연을 하고 해방감을 느끼다

최고로 행복한 시간이었다. 나는 역대 가장 어리고 키가 작은 어린 에포닌이어서 새로운 드레스를 맞춤 제작해야 했다. 공연은 프랑스 대혁명 시대의 가난한 군중들을 배경으로 했기에 다른 모든 의상들은 해지고 지저분했지만, 내 건 그러지 않았다. 내 옷은 달랐다. 나는 멋지고 아름다운 새 드레스를 입었다. 아우, 난 그게 참 좋았다! 나는 공연하는 걸 좋아했고 두려움 따윈 없었다.

조금 더 나이가 들고 어린 코제트란 새로운 역할을 맡고 나서야 수백 명의 사람들 앞에서 노래를 하게 됐다. 'Castle on a Cloud'란 노래였는데 갑자기 배에서 이상하고 기이한 감각을 느꼈다. 무대 옆쪽에 섰을 때 보호자인 사라의 손을 움켜쥐었다. 무엇인지 모르겠는데 배에서 이상한 느낌이 난다고 말했다. 그녀는 긴장 탓이라며 고쳐 주겠다고 했다. 그리고는 몸짓으로 가상의 지퍼를 만들더니 내 배 위에서 지퍼를 여는 척하며 말했다. "나비들이 나오고 있어*." 이내 다시 지퍼를 채우는 척했다. 그게 먹혔다! 아까보다 기분이 훨씬 나아진 채로 무대를 향해 걸어 나갔다.

---

* 긴장되거나 초조한 마음을 표현할 때 "배 속에 나비가 있다"라는 말을 사용하기도 한다.-편집자주

남을 더 의식하기 시작하다

그 시절 내내, 심지어 관중 앞에서 공연할 때도 나는 내가
어떻게 보이는지 걱정하지 않았다. 나는 자신만만했고 행복
했다. 열 살 때쯤 처음으로 겉모습에 신경을 썼는데, 그때
이가 뒤로, 위로, 대각선으로, 아무 방향으로 이곳저곳에 난
잡하게 난 바람에 교정 장치를 껴야 했고, 초등학교 친구들
특히 몇몇 남자애들이 그걸 가지고 놀려 댔다.

그 후 외모가 괴롭힘의 정도를 결정하는 데 직접적으로
관여한다고 생각하게 됐다. 걔들이 나에게 못되게 굴었던
이유가 고작 내 치아가 못생겼기 때문이라면 내 치아가 가
지런해진다면 그러지 않을 거라고 여겼다. 보이는 모습에
신경 써야 한다고 처음으로 느낀 순간이었다.

멋지게 보이는 것과
사람들이 친절하게 구는 것을
동일시하기 시작했다…
그때부터 상황은 점점 더 악화되어 갔다.

그즈음 우리 집이 가난하단 걸 어렴풋이 느꼈다. 아빠는
용접공이었고 엄마는 그 당시 학교 급식 담당자였다. 나중

에는 난독증과 자폐증을 가진 아이들을 돌보는 탁아소 보모가 되었지만 말이다. 여느 가정들처럼 평범한 직업을 가졌기에 쓸 돈이 많지 않았다. 게다가 부모님은 여윳돈마저 내 가라테 수업과 무용 학원에 썼다.

나는 우리가 돈이 많이 없다는 걸 신경 쓰지 않았는데, 가난은 나쁜 일이 전혀 아닐뿐더러 늘 부모님이 정말로 자랑스러웠다. 그러나 중학교에 들어가면서 학교 친구들처럼 비싼 옷과 브랜드 상품들을 살 수 없다는 이유로 괴롭힘당하기 시작했다. 나는 아빠와 자선 상점에 가곤 했는데 한번은 거기서 건진 멋진 운동복을 입고, 운동화를 신고 신나게 학교에 간 적이 있다. 그런데 애들이 내 옷을 보더니 대단한 대형 브랜드 상품이 아니라며 욕설을 퍼부었다. 새로운 옷을 입어 세상을 다 가진 기분이었는데 금세 당황스러워졌다. 그리고 그 일은 내가 키워 나가던 인식에 영향을 줬다. '아, 돈이 있어야 사람들이 친절하게 구는구나.'

내가 어떻게 보이는지 남을 의식하지 않는 사람이던 나는 갑자기 남의 시선에 사로잡혀 다른 사람들이 나를 어떻게 생각하는지에 엄청나게 집착하고 있었다.

'사랑받기 위해서 해야 하는 일이 있다. 바로 좋은 외양과 많은 돈을 가지는 것'이라는 생각이 들었다.

외강내유

이런 부정적인 생각을 하는 와중에 취미 삼아 가라테를 시작하게 됐다. 곧장 가라테와 사랑에 빠졌는데 그 이유는 그것을 **빠르게** 배워서였다. (잘하는 일을 싫어하는 사람이 어디 있을까?) 뿐만 아니라 나는 **언제나** 사람들에게 감동을 주고 나를 좋아하게 만들고 싶었다. 천성이 그랬다. 그래서 가라테 선생님이 반 아이들 앞에서 "앤 마리는 타고났다"고 말해 주었을 때 정말 뿌듯했다. 그게 미치도록 좋아서 더 잘하고 싶었다. 더 오래 머물렀고 더 열심히 훈련했다. 최고가 되고 싶은 게 전부인 나날들이었다.

방과 후와 주말마다 연습에 매진해 모든 벨트를 땄다. 가라테를 배우면서 자신만만해지고, 강해졌으며, 주변 상황을 기민하게 의식하게 됐다. 언제든 가라테를 꺼내 쓸 준비가 되어 있었다. 내 뛰어난 가레테 실력으로, 2002년 쇼토칸 가라테 협회배 월드 챔피언십에서 금메달을 따기도 했다. 그 후로도 많은 월드 챔피언십에서 승리를 거두었다. 가라테를 열정적으로 하다 보니 어느새 십 대가 지나고 열아홉이 되었다. 그게 내 삶이었다.

내가 이뤄 낸 일들이 곧 나를 규정지었고 내 평판이 되었다. 우리 가족들 사이에서 나는 "만능 스포츠우먼"이었고 그들은 늘 나에 대해 그렇게 얘기했다. 나는 항상 우리 가족이 가장 자랑스러워할 만한 사람이 되려고 노력했다. 내가 사랑하는 가족의 생각이 중요했기 때문이다.

엄마의 아빠이자 나의 할아버지인 BFG는 우리가 만나는 거의 모든 사람에게 이 이야기를 들려주시곤 했다. 내가 여섯 살 무렵 그가 나와 샘을 농구장에 데려갔던 일화이다. 나는 제대로 경기하기 어려울 정도로 작았지만, 몇 시간을 두고두고 그곳에 머무르며 공을 골대 안에 넣기 위해 노력했다고 한다. 나는 도무지 포기할 줄을 몰랐다.

할아버지는 내가 정말 어릴 때부터 모두에게 말하곤 했다. 잘할 때까지 멈추지 않는 아이라고. 그는 그런 나를 정말 대견해했다. 그러나 조금 크고 나서 나는 다르게 생각하게 되었다. 나은 사람이 되고자 하는 건 더 이상 동기 부여가 되지 않았다. 그저 '내가 잘해야 내 외모나 옷을 살 형편을 지적받지 않겠지'라는 생각뿐이었다.

아직 내가 배우지 못했지만…
너무나 참말

남을 기쁘게 하려다가
진짜 나 자신이 사라진다.

자신감은 '그들이 나를 좋아할 것이다'가 아닌
'그들이 나를 좋아하지 않아도
괜찮을 것이다'이다.

아마, 진정한 행복은
우리가 스스로에게 행복할 때 온다.

이상한 식습관

스포츠를 좋아하는 십 대였지만 식습관은 좋지 못했다. 어떤 음식이 좋고 나쁜지 알지 못한 채 그저 먹고 싶은 것만 먹곤 했는데, 내가 먹고 싶은 건 아주 아주 한정적이었다. 평소에 먹는 음식은 다음과 같다.

아침: 땅콩버터를 바른 토스트
점심: 크림치즈 샌드위치, 베이글과 과자
저녁: 크림치즈 샌드위치 두 개 더

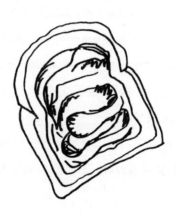

이게 전부다. 매일매일을 말이다. 믿기는가? 채소는 **당연히** 고사하고 고기나 생선, 과일(간간이)도 없이 유제품과 탄

수화물로 그득하다. 조금 완고한 데가 있어서 스물네 살이 돼서야 신선한 토마토를 처음 먹을 정도였으니 말 다 했다! 드문드문 가족들이 갖다주는 인도 음식이나 중국 포장음식 따위를 먹기도 했다. 하지만 그때에도 선택의 폭은 좁았다. 중국 음식의 경우엔 무조건 **콩나물을 뺀** 국수였다. 달콤하고 신 소스를 묻혀서. 음, 맛있겠다.

이런 음식에 대한 이상한 태도는 구토 공포증에서 온 게 아닐까 싶다. 아주 어릴 때부터 나뿐 아니라 다른 사람들이 아파하는 게 무서웠다. 그 생각에 휩싸인 채로 버스나 비행기 등 대중교통을 이용할 때 내가 어디에 앉을지 항상 생각했다. TV에 아픈 사람(〈캐주얼티Casualty〉 같은 병원 TV 프로그램에 나오는 가짜 환자들을 포함하여)이 나오면 집 밖으로 뛰쳐나가기도 했고, 점점 심해져 누가 기침만 해도 소스라치게 놀라서 도망가는 지경에 이르렀다. 그때도, 지금도 그건 진짜 스트레스 그 자체다.

두려워하느라 아프거나 식중독에 걸릴 만한 그 어떤 것도 배 속에 넣고 싶지 않았다. 결국 아주 제한적인 것만 간소하게 먹었다.

어느 모로 보나 건강한 삶은 아니었다.

어쨌든 나는 계속 치즈 샌드위치를 먹으며 행복해했지만.

어떻게 보이는지에 꽂히다

십 대 시절, 이런 특이한 식습관이 문제를 일으키지 않았다. 과체중도 아니었고 따로 건강에 이상도 없었으니까 될 대로 되라는 식이었다. 열두세 살쯤 내가 다닌 학교에서 인기가 있으려면 무조건 말라야'만' 했기 때문에, 타고난 말라깽이였던 게 학교생활에 도움이 됐다. 그땐 모든 게 만족스러웠다. 난 운동도 잘했고 이미 꽤 멋진 웨스트엔드 뮤지컬도 하고 있어서 사랑받는 느낌에 행복해했다.

하지만 나이가 들면서 상황은 안 좋아졌고, 친구들 그리고 남자애들과도 문제가 생기기 시작했다. 인기 많은 그룹의 일원에서 모두가 싫어하는 왕따가 되었다. 끔찍했다. 학교에 나가기가 무서웠다. 그런 경험이 삶 전반에 큰 영향을 미쳤다—비단 자존감뿐만 아니라 감정적으로 일을 처리했고, 내 자신과 몸을 생각하는 방식에까지 영향을 주었다.

점점 더 많은 사람이 내 외모를 가지고 이러쿵저러쿵 떠들어 댔다. 가슴이 없다며 남자애들은 내 납작한 가슴을 놀렸고 날 '철판'이라고 불러 댔다. 예전엔 더 어렸고 운동을 했으니 신경 쓰지 않았던 문제였다. 그들이 그런 말을 한 뒤로 부끄러워졌고 보정 브라를 입기 시작했다. 그것도 모자라서 브라 위에 브라를 겹치기까지, 그런 날들이었다. 언젠가 학교 여자애가 "난 엉덩이가 너무 큰데, 그게 싫어"라고 불평했다. 그리고 어떤 이유 때문인지 그 말을 떨칠 수가 없었다. '그래. 큰 엉덩이는 가지면 안 좋은 거구나'란 생각이 뇌리에 강하게 박혔는데, 다른 사람에겐 아무렇지 않게 지나칠 정도로 가벼운 일이 나에게는 절대적으로 남았다.

말라깽이가 되려는 미친 짓

GCSE(중등교육수료고사)를 끝으로 나는 대학에서 공연 예술을 전공했다. 그때 대마초를 피우는 사람들과 어울리게 되면서 수업도 빠지고 불량식품을 먹는 횟수도 늘어 갔다. 결국 내 스포츠 커리어는 끝장났다. 어느 날 예전에 같은 학교에 다녔던 아이와 마주친 일이 있었다. 변한 내 모습에 놀랐는지 "너, 건강해 보이네"라는 말을 건네더라. 살쪘다는 말을 에둘러 표현한 듯했다. 당연하게도 몹시 그 말이 신경 쓰였다. 자신의 엉덩이에 불평하는 애 말을 받아들였던 것처럼 나는 이 말도 진심으로 받아들였다.

제대로 된 식사를 관둠으로써 속을 버리는 대신 날씬함을 얻었다. 몇몇 사람만이 그걸 눈치챘는데, 신기하게도 개중엔 열여덟 살이었던 그 당시 데이트 중이던 애의 어머니도 있었다. 그녀는 나에게 주의를 주기도 했는데, 내가 그 집에 있을 때 음식을 먹지 않는다는 걸 어떻게 알아본 듯했다. 그래서 그 집에 갈 때마다 콩 통조림과 소시지를 먹었다. 참 자상하기도 하지.

그녀는 다정했지만 그녀의 아들은 내 자존감을 망쳐 놓은 최악의 인간이었다. 그놈을 매튜라고 부르자. 매튜는 내 감정을 엉망으로 헤집어 놨다. 나는 똑똑한 지식인인 그를 존경한 반면, 그는 나 스스로를 똥같이 느껴지게 만들었다. "정말로 그 립스틱을 바를 건 아니지?"라거나 "점퍼를 입는 게 낫겠다" 따위의 말들을 했는데 지금 쓰면서 보니 별로 대단치 않게 들리지만 나를 걱정하는 사람에게서 나올 수 없는 그 말에 무척 상처받았다. 드레스를 입거나 립스틱을 바르는 게 편치 않아졌다.

알아 둘 것: 감정을 할퀴는 말이
꼭 폭력적으로 들리는 것만은 아니다.

매튜는 내가 거지처럼 보였으면 했는데, 누구도 나를 원하지 않기를 바라서였다. 다행히도 우린 깨졌다. 다만 그건 몇 년간 그의 옆에서 비참한 세월을 보낸 뒤였다.

인생의 하락기였던 그때를 되돌아보자니 나의 먹지 않기는 제어에 관한 문제 같다. 남자친구는 바람을 피웠고, 친구들이 별로 없었고, 옛 친구들은 내 겉모습을 쓸데없이 평가했다. 비록 사람들이 나에 대해 말하는 것을 멈추게 할 수는 없을지언정 내 삶의 어떤 부분만큼은 내가 결정하고자 했다.

수년 동안 온갖 부정적인 소리를 흡수해 나갔다. 음악 활동이 순조롭게 진행되며 갓 레이블에 들어갔던 이십 대 초반의 일이다. 거기서 만난 스타일리스트에게 어떤 옷을 입으면 좋을지 물어봤다. 그는 나보고 한 바퀴 돌아보라더니 엉덩이를 가리키며 "거기 살 좀 빼야겠어"라고 말했다. 입을 다물지 못했다. 모르는 사람이 나에게 이런 말을 하다니 믿을 수가 없었다. 이내 학창 시절이 떠올랐다. 만일 내가 얼마나 나 스스로에게 부정적으로 말하는지를 그가 알았더라면 그렇게 말하지 않았으려나. 뭐, 여전히 말했을 수도 있지만, 미친놈.

몸에 관한 속설 타파

> '완벽한' 체형이 있단 말은 개소리다. **그딴 건 없다!**

> 옷 사이즈에서 자존감을 찾지 마라 – 어느 옷가게에서는 사이즈 10을 입고 다른 곳에서는 사이즈 14를 입는고로 무의미한 짓이다!

> 신체 사이즈와 체형으로 남을 평가하는 사람들을 가까이 하지 마라 – 그런 사람이 되어서도 안 된다.

> 본래의 신체 사이즈는 절대 바뀌지 않으니 소중히 여기고 사랑하자.

> 개개인은 유전적으로 개별 체형이 다르게 프로그램화되었다. 누구는 크고 누구는 작다. 누구는 풍만하고 누구는 날씬하다. 그래서 세상은 다채로운걸….

> 모든 체형과 신체 사이즈는 아름답다. 몸이 하는 역할에 감사하자. 몸이 당신을 돌보듯이 당신도 몸을 돌보자.

서서히 생각이 전환되다

몸무게에 대한 고민은 여전했지만, 매튜와 결별한 이래로 상황이 좋아졌고 나는 다른 음식도 조금 먹기 시작했다. 당시 클레어는 정말 좋은 친구였는데 내 기분이 나아지도록 최선을 다했다. 그럼에도 내 식이 요법은 제한적이었으며 동시에 크림치즈 샌드위치 먹는 짓도 계속했다. 그녀는 다른 요리를 시도해 보라고 격려해 줬는데 그게 아니더라도 치킨너깃이나 피자, 빵, 땅콩버터와 같은 음식들은 먹을 수 있었다. 갈색 지방 덩어리인 가공 식품에 기대어 연명해 나갔다.

부실한 식사는 건강은 물론 삶의 여러 방면에 영향을 미쳤다. 스물두 살, 밴드 루디멘탈과 투어를 하게 되어 세계 곳곳에서 공연을 했다. 그들은 저녁마다 레스토랑에서 각양각색의 요리를 맛보고 즐겼는데 그 시간에 나는 호텔방에 앉아 시저샐러드를 먹었다. 세계 어디를 가든 같았다. 말하자면 '도대체 뭐 한 거니, 앤 마리?'란 거다. 원한다면 멋진 나라들의 그 어떤 음식도 다 가질 수 있는데도 불구하고! 나는 밤이면 밤마다 시저샐러드를 먹고 있었다. (제기랄, 물론 시저샐러드는 사랑이다.) 투어가 길어지면서

음식에 대한 인식이 달라졌다.
사람들을 한데 모으는 중요성에 대해 알게 됐고,

내 식습관이 바뀌지 않는다면 절대 그들과 함께 즐거운 시간을 보내지 못하리란 걸 깨달았다. 크게 놓치고 있었다. 좋은 걸 놓칠까 봐 걱정스러웠다.

내가 아닌 무언가가 되려 하다

이밖에도 밴드 루디멘탈과 투어를 돌며 신체 사이즈에 관한 다른 시각을 갖게 됐다. 말라야만 한다는 강박에서 벗어나 풍만한 여자들이야말로 매력적이란 걸 알게 됐다. 그들은 그동안 내가 추구하던 마른 '이상향'과 전혀 다른 체형을 선호하더라.

역시나 너무나 나답게도 나는 하룻밤 사이에 관점을 180도 바꿔 받아들였다. '좋아. 이제는 풍만해지길 원해'라는 생각에 살찌우는 약을 인터넷에서 사 보았다. 안다, 알아. 위험하고 우스꽝스러운 행동을 했단걸. 하지만 빵빵한 가슴과 큰 엉덩이가 갖고 싶었던 걸 어쩌라고. 망할 팬케이크인 양 완전 위아래가 뒤집힌 입장을 내보였다. 그러나 내가 아닌 사람이 되려고 하다 보니 여전히 행복할 수 없었다.

약을 먹으면 기분도 더러웠다. 한 발자국도 못 움직일 정도로 몸이 무겁게 느껴졌고 에너지가 바닥나서 말 그대로 윽―스러웠다. 왜냐하면 그래서는 안 될 곳에 살이 붙었기 때문이었다.

또다시 나는 내 몸을 제 형태가 아닌
다른 무엇이 되도록 강제하는 중이었다.
더는 그런 기분을 느끼고 싶지 않았다.

천천히 그리고 마지막으로 몸을 건강히 여기기 위한 과정을 밟아 나갔고 그로 인해 내 태도도 더 건강하고 행복하게 변해 갔다.

생각의 방식이 변하기 시작하다

음악을 더 많이 작곡할수록 나에게 일어나는 일과 생각하는 방식을 더 많이 처리할 수 있었다. 실로 숨겨진 순기능인 셈. '오늘은 무얼 쓸까?' 고민하면서 자유분방하게 끼적이다 보니 잠재의식이 발현되는 식이었다. 생각을 여러 갈래로

펼쳐 내는 작업은 몸을 다른 관점으로 바라보는 데 도움이
되었다.

　내 몸이 얼마나 환상적인가. 걷고 뛰며 물건을 줍기도 한
다. 존재를 가능하게도 한다. 나를 죽지 않고 살아가게 해
준다. 몸은 단순히 모양을 가진 대상이 아니고 멋진 기계라는
생각의 전환이 이루어졌다. 같은 시기에 'Perfect To Me'를
완성해 냈는데 당시의 깨달음을 제일 잘 표현한 노래이다.

내 몸 구석구석을 사랑하자!
나는 잡지에 나오는 슈퍼 모델이 아니니까
완벽하지 않아도 괜찮다.
내겐 이 상태가 완벽하게 느껴지니 됐다.

그 후로는 알약을 끊고 내 몸이 원래 가졌어야 할 형태를 찾게 내버려 뒀다. 자연스러운 사이즈로 돌아갈 뿐이었다. 나는 그 사실을 받아들이고 헬스장에서 운동을 했다. 몸을 잘 관리하고 싶어서이지 특정한 체형을 원해서가 아니다. 정말 중요한 건 본래의 체형을 어떻게 다루느냐에 달렸다.

그러다 보니 스트레스가 많이 해소됐다. 소셜 미디어에 등장하는 결코 닿을 수 없는 사람처럼 보여야 한다는 압박감을 드디어 내려놓을 수 있었다. 마침내 다른 사람이 되려고 하지 않았다.

이제 나는 내 자신이 아닌 다른 무언가가 되지 않으려 한다. 말라야 한다고 느끼거나 살찐 것에 대해 걱정하지 않겠다.

나는 내 원래 사이즈로 살아갈 것이다.

운동한다거나 고약한 생리 기간이 다가오면 신체 사이즈는 오르락내리락거린다. 건강을 해치며 얻는 변화가 아니라 저절로 일어나는 변동이다.

몸에 대한 자신감도 시시각각 달라진다. 거울을 보면 기분에 따라, 전날 무얼 먹었느냐에 따라, 생리를 했는지에 따라, 심지어는 날씨에 따라 매일 다른 사람이 보인다. 매일 운동을 하면 '날 바라봐. 어떤 각도에서 찍든 좋아'라는 생각에 짜릿

한 기분이 든다. 그러나 다른 날에는 '왜 삼 일간 버거를 연속해서 세 개나 먹은 거지?'라며 거지 같은 기분이 들 수도 있다. 다른 사람처럼 나도 똥배가 있고 셀룰라이트가 있거든.

하지만 일진이 안 좋은 날에도 기분이 괜찮으며
예전처럼 내가 싫어지진 않는다.

더 이성적인 **나**로서 살아간다.

내 몸을 사랑하는 여섯 가지 방법

1. 머리부터 발끝까지 촉촉하게 한다.

2. 근육을 스트레칭한다.

3. 산책을 가고 명상을 한다.

4. 건강한 음식을 먹는다.

5. 페이셜 마스크를 쓴다-최상의 요법! 가끔 얼굴이 놀랄 만큼 대접해 준다.

6. 얼굴 요가를 한다. (아래 비디오를 보고 따라 해 보자.)

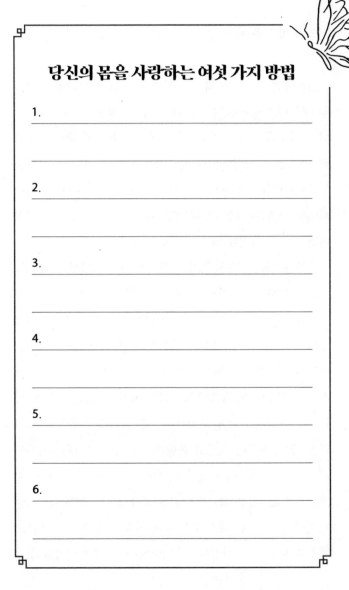

당신의 몸을 사랑하는 여섯 가지 방법

1.

2.

3.

4.

5.

6.

먹는 방식을 바꿔 놓은 다큐멘터리

스물일곱 살, 몸을 다른 시각으로 바라보게 되었고 때마침 넷플릭스에서 〈몸을 죽이는 자본의 밥상What the Health〉이란 방송을 보게 되었다. 방송 전후로 음식에 대한 태도가 싹 바뀌었다. 다큐멘터리에는 항생제, 담배, 고기와 유제품 등 몸에 투입하는 모든 것들과 그로 인해 우리가 받게 되는 피해가 담겼다. 그런 해로운 것들을 몸에 넣을 때 우리 몸이 어떻게 해야 할지에 대해 생각해 보았다.

고기가 어디에서 왔는지 딱히 알려고 한 적이 없었는데, 우리에게뿐만 아니라 세상에 미칠 영향에 대해서도 마찬가지였다. '그건 단지 닭이야, 상관없어.' 평소에는 이렇게 생각했다. 그러나 〈몸을 죽이는 자본의 밥상〉이 준 깨달음에 그날로 채식주의자가 되기로 했다. 말이 안 되게도 **여전히** 채소는 먹지 않으면서! 빵 말곤 먹을 만한 게 없는 상황에 봉착했다가 다행히도 땅콩버터가 비건 요리라서 한동안 그걸 먹곤 했다. 시간이 흐르고 몸매에 관한 태도가 완벽히 바뀌기 시작하자 일부러 가능한 한 모든 종류의 채소를 먹었다. (홍당무가 좋아질 미래는 절대 없으니까 홍당무는 제외하고.) 그렇게 연습하다 보니 채소가 먹고 싶어졌고 요즘은 그야말로 채소를 사랑한다. 건강하고 긍정적인 습관이 자리잡았다.

다행히도 런던에는 많은 레스토랑이 카리비안 음식에서
부터 베트남, 인도 음식에까지 채식주의자에게 제공 가능한
각양각색의 음식을 팔아 새롭게 도전하는 건 쉬운 일이었
다. 또 구토 공포증을 치료하기도 했다. 왜냐하면 채식주의
자가 덜 익힌 고기를 먹고 식중독에 걸릴 일이란 없을 거란
생각에 해방감을 느꼈기 때문이다. 그래서 다음번 투어 때
는 간단히 채식주의자용 음식을 골라 모두와 함께 식사를
했다. 사교 모임도 빼먹지 않았다. 관여한다는 느낌은 정말
달콤했다.

날 항상 즐겁게 하는 음식

❯ 땅콩버터와 바나나 토스트

❯ 플랜테인

❯ 오이피클

❯ 비건 버거

❯ 병아리콩 코코넛 카레

❯ 미니 대추 토마토

❯ 양배추를 추가하여 바비큐 소스를 바른 비건 치킨 너깃

❯ 비건 웰링턴

❯ 망고, 바나나, 비건 단백질, 땅콩버터, 코코넛 우유를 섞은 스무디

❯ 참깨로 버무린 미소 가지

당신을 항상 즐겁게 하는 음식

삶을 변화시키는 잘 먹기가 가진 힘

먹는 걸 바꾸면 수많은 이득을 누릴 수 있다. 나는 그전까진 요리와 거리가 멀었는데(누구나 알겠지) 지금은 주방에서 실험하고 맛있는 요리를 차리는 걸 좋아하게 됐다. 4시간에 걸쳐 요리하고 10분 만에 다 먹은 건 비밀이다. 심지어발코니에서 나만의 야채들을 재배하기까지 했다. 봉쇄 기간동안에 토마토, 딸기, 레몬, 그린콩, 감자를 키웠고 채소밭을 가지고 싶은 소망이 생겼다. (채소를 전혀 먹지 않던 사람임을 잊지 말자.)

예전엔 빵만 먹으니 배가 아프곤 했는데 요새는 그런 아픔이 없으니 기분이 **훨씬** 괜찮다. 빵을 끊으니 복통 문제가 **전혀** 없다. 위산 역류와 붓기 등도 사라졌다.

사실 몸무게는 그대로지만 다르게 먹다 보니 몸매를 유지하고 기분도 관리할 수 있었다.

보기에는 똑같을지라도
스스로가 다르게 느낀다는 게 요점이다.

나는 덜 피곤하고 더 의욕이 넘친다. 그전엔 에너지가 없어 아무것도 할 수 없었다.

모두 음식 때문이다.

웃기지? 근데 사실이다.

내가 말하고자 하는 바는 *제발* 몸속에 무엇을 집어넣어야 하는지를 고민해 보라는 것이다. 이 다이어트 법이건 저 기적의 알약이건 말도 안 되는 말을 내뱉는 작자들은 잊어라. 다 개소리다. 채식주의자의 삶이나 이러저러한 식사법이 당신에게는 맞지 않을지 모른다. 그럼 당신의 몸을 건강하게 유지하는 다른 방법을 찾아라. 당신의 몸은 특별하니까 **당신**에게 어울리는 방법으로 해내라.

스스로가 미워질 때... 칭찬해 보라

나는 너무나 오랫동안 우울해하며 내가 예쁘지 않다 생각했고 내 몸을 사랑하지 않았다. 내가 못생겼다고 느꼈기 때문에 예쁜 사람들에 화가 나기도 했다. 나를 칭찬하는 사람들을 믿지 않았던 건 스스로에 대해 그렇게밖에 느끼지 못했기 때문이었다.

나에 대해 좋게 말했을지도 모르는 사람들을 거짓말쟁이로 여겼다.

나에게서 좋은 점은 찾을 수 없으니 그들은 무조건 거짓을 말했던 게 **틀림없다**, 그렇지 않은가?

틀렸다.

진짜 중요한 점: 스스로를 좋아하기 시작하면서부터 칭찬(부정적인 평가까지도)을 잘 받아들이게 되었다. 내 얼굴, 머리, 옷 혹은 다른 무언가를 칭찬받으면 "고마워요"라고 말하는 데 능숙해졌다. 때때로 사람들이 진실을 말한다는 걸 받아들이기는 힘들지만 점차 나아지는 중이다. (신뢰하는 데 아직도 문제를 겪고 있다.) 이제는 대부분의 사람이 진정성을 가지며 선량하다고 생각한다. 내 자신의 것을 의심하지 않되 타인의 미모를 감탄하는 법도 배웠다.

칭찬을 기억하는 것과 비판을 놓기 힘든 이유가 있다. 부정 편향 때문이다. 기본적으로 심리학자들은 인간은 긍정적인 경험보다 부정적인 경험을 더 강하게 기억한다고 밝혀냈다. (둘은 뇌의 전혀 다른 부분에서 작용한다.) 사람들이 해 준 좋은 말보다 나쁜 말을 콕 집어 기억하는 건 우리의 잘못이 아니다.

기분이 나아지게끔 서로 도우며 살자. 각자의 자존감을 높여주고 칭찬하자. 남을 기쁘게 하면 본인도 기분이 좋아진다. 윈-윈win-win이다.

자, 칭찬하자. 몸무게가 아닌 상대방의 긍정적인 면을 찾아 말해 주자. 상대방의 복장이 마음에 든다면, **말해라.** 머리카락이 마음에 든다면, **말해라.** 신발이 마음에 든다면 **말해라.** 미소가 마음에 든다면, **말해라.**

어떤 점이 괜찮으면, 빌어먹을 말 좀 하라고. 정말 기뻐할 거다. 한 주 내내 그럴지도. 상상해 봐라.

내가 여태 받았던 칭찬 중 가장 마음에 드는 세 가지이다.
1. 재능 있는 싱어송라이터시네요.
2. 놀랄 정도로 긍정적이고 사랑스러운 분이시네요.
3. 완벽하게 마음에 들었어요.

여태껏 받았던 멋진 칭찬 세 가지

1.

2.

3.

오늘 친구에게 보내는 멋진 칭찬 세 가지

1.

2.

3.

우리 몸에게 보내는 러브레터

태어나면서부터 내 몸은 나를 사랑해 왔다. 내가 끔찍하게 굴어도, 나를 계속 나아가게 해 줬다. 이제는 반대로 몸을 돌보아야 한다. 몸과 나는 한 팀으로 삶을 함께 살아간다. 극도의 존중을 갖고 몸을 대하고, 날 살게 해 주어 고맙다고 말할 생각이다. 두뇌야, 너도 고맙다. 모든 게 타당하게 보이도록 만들기 위해 노력해 오고 또 노력해 줘서. 79억 세계 인구 중 오직 너뿐이다. 유일무이한 나만의 것아. 내 다름을 축하하고 내가 나면서부터 네가 나를 보살펴 왔듯이 나도 너를 보살필 것이다.

우리는 외모 그 이상의 존재임을 잊지 말자.

눈썹을, 코를, 입술을, 귀를, 턱을, 볼을, 눈을, 정신을 사랑하라. **우리는 아름다운 존재니까.** 사람들이 보내는 시선을 더 이상 걱정하지 말자. 그들은 당신의 몸과 얼굴이 아니라 자신들의 몸과 얼굴을 걱정할 뿐이다. 다른 사람처럼 보이도록 노력하는 걸 멈추자. 정말 멋지지 않은가? 당신의 얼굴을 **오직** 당신 한 사람이 가지고 있다는 게. 가진 걸 발휘해라. 본인만의 아름다움을 받아들이자.

미는 다름과 같은 것이고 다름은 완벽함과 같은 것이다.

기왕 말하는 김에 완벽해져야 한다는 생각에서도 자유로워지자. 완벽함의 사전적 정의는 어느 방면에서 보아도 오류 없이 완전하고 옳은 것이다.

재정의해 보자. 완벽한 사람이 된다는 건 불가능하다. 누구도 실수로부터 자유롭지 않고, 언제나 옳을 수 없다. 굴곡과 실수는 당연히 존재해야 한다. 완벽하게 불완벽한 존재이기에 특별하고 **멋지다.**

당신의 모습 그대로 완벽하게 불완벽하다.

(기분이 별로일 땐, 춤추면서 거실을 돌면 나아지더라.)

내가 생각하는 한, 이기기 위해서는 때때로 져야 한다.

정신 건강, 자기 관리,
그리고 나를 구한 테라피

인생의 최저점이라고 할 법한 지점에 있었을 때, 매트 헤이그가 쓴 《우울을 지나는 법Reasons to stay alive》이란 책을 읽었다. 그 작가는 많은 책을 써 왔는데, 이 책은 특별히 본인의 우울함에 관해 쓴 수기였다. 끝내주게 훌륭한 책이었다. 책에서는 변화를 갈망하기보다는 스스로 느끼는 바를 바꿔 보라고 말한다. 자전적 이야기였음에도 나같이 고전 중인 사람들에게는 지침서처럼 느껴졌다.

나는 책을 읽을 때면 나에게 가장 와닿는, 가장 내 얘기 같은 문장과 단어에 형광펜으로 표시하고는 한다. 이유는 딱히 없다. 그냥 그렇게 하는 게 좋다.

내가 이 책에 그런 강조 표시를 할 때 나는 지금과 다른 처지였다. 최근에 당시 어떤 내용이 내게 감명 깊었는지 알고 싶어져 책을 다시 폈다. 좋은 기분은 아니었다. 하물며 큰 고통마저 느껴졌다. 다음 장은 내가 형광펜으로 표시한 내용 이다.

내가 과연 할 수 있으리라 생각지도 못했지만 나는 그 상 황에서 빠져나왔다. 해냈고 지금 이 자리에 서 있다. 테라피 와 감정을 탐구하는 과정이 인생의 변곡점이 되었다. 물론 험한 가시밭길을 헤쳐 나와야 했지만.

옛날의 내가 죽은 날을 기억한다.

뇌 깊은 곳에서부터 일어나는 어떤 생물학적 활동.

곧 죽으리라고 확신했다.

바로 그때 다시 나아가고 있었다.

인기 많은 여자아이에서 왕따가 되다

근심이라고는 하나 없이 웃기고 시끄럽고 당당한 아이가 삶의 조그마한 부분에도 초조해하는 아이로 변했다니 웃기는 일이다. 제 감정에 충실했다가는 사람들이 잡으러 올지 모른다며 강박적으로 무서워했다니.

근데 그런 일이 진짜로 벌어졌다.

언제부터 상황이 나빠지기 시작했는지 정확히 기억한다. 바로 중학교 때 생긴 일로, 많은 친구를 가진 인기쟁이였던 내가 완벽히 외톨이가 되었고, 아무도 곁에 없단 사실에 당혹해하며 수치심을 억눌러야만 했다. 이때의 후유증은 내 정신 건강을 오랫동안 괴롭혔다.

정말 화나는 사실이 무엇인지 아는가? 되돌아보면 정말 아무것도 아닌 사건으로 그런 취급을 받았단 거다. 웃기게도 그 사건 후 모든 아이들이 나에게 등을 돌렸다.

그럼 한번 볼까? 내가 말했던 것처럼 난 중학교 생활에 잘 적응 중이었다. 인기 많은 주류 그룹의 일원이었고 남자친구들도 많았다. 이 시절엔 으레 남자친구들을 매일매일 말 그대로 바꿔 나가며 운동장에 나가 사람들 앞에서 "넌 차였어. 난 이제 쟤랑 사귈 거거든"이라고 말하곤 한다.

9학년이던 열세 살 때, 나는 인기 많은 아이 중 한 명과 사귀었는데, 편의상 제이미라고 하자. 어느 날 밤 나는 제이미의 친구인 리스에게 전화를 걸었다. 그게 다다. '앤 마리가 리스와 통화했다.' 인정하건대 약간은 끼를 부렸을지도 모른다. 나는 그 아이를 동경했으니까. (사실 누구에게나 누군가를 동경하는 어린 시절이 있지 않나?) 하지만 정말로 아무 짓도 안 했단 말이다.

문제는 통화 자체만으로도 차고 넘쳤다. 내가 리스와 통화했다는 소문은 무척 빠르게 퍼졌고 별안간 내 남자친구는 나를 미워하더라. 뿐만 아니라 하룻밤 만에 학교의 모든 아이가 나를 따돌렸다. 제이미는 가장 인기 있는 애의 사촌이었고, 인기 많은 애들은 누가 '속하고' 누가 '속하지 않는'지를 결정할 권한을 가졌다. 나는 '속한' 애였다가 한순간에 '속하지 않은' 애가 되었다. 애들은 나에게 말을 걸지 않았고 수업 중에 옆에도 앉으려 하지 않았다. 없는 사람 취급이었다. 늘 복도에서는 못된 말을 하거나 화장실에서 만나 끝장내 버리겠다고 협박하는 애들 사이를 지나야만 했다.

안전지대란 없었다. 그들에게 나는 누군가를 방금 죽인 살인자와 같았다. 억울하게도 리스는 평소처럼 잘 지냈고 아무도 그 아이를 싫어하지 않았다. 심지어 제이미와도 여전히 친구였고. 뭔 거지 같은?!

누군가에게 말하기엔 너무 부끄럽다

당연하게도 이 모든 게 너무 슬펐다. '내가 바람을 폈구나'라며 자책했는데, 물론 아니었지만 적어도 마치 그런 짓을 한 사람처럼 느꼈다. 스스로를 최악의 인간이라고 상정하고 속에서부터 불행을 쌓았다. 그러면서 나는 달라졌다.

감정적으로 나를 닫았다.
상황에 대처하는 내 나름의 방식이었다.

학교에서는 쥐 죽은 듯이 조용히 지냈다. 한마디 더 했다가 사람들이 그걸 가지고 나를 더 싫어하게 되는 상황만큼은 피하고 싶었다.

집에서는 무슨 일이 일어나고 있는지 아무에게도 말하지 않았는데 그게 상황을 더 꼬이게 만들었다. 가족들은 몰랐다. 그들은 내가 여전히 즐겁고 활발하며 친구들이 많다고 여겼다. 나를 그렇게 여기는 게 최선이라고 생각했다.

매우 큰 오산이었다. 엄마나 아빠에게 "이런 일들이 학교에서 벌어지고 있어요"라고 말했더라면 그들은 나를 도와줬을 것이다. 단지 말을 보태는 것만으로도 내 기분은 훨씬 나아졌을 테고, 나 스스로 상황을 똑바로 보게끔 했을 것이다. 하지만 나는 내가 '했다고들 하는' 행동이 너무나 부끄러웠기에 완전히 스스로를 고립시켰다. 문제가 방치되면서 점점 심각해져 갔다.

불행을 행동으로 옮기다

사건이 발생한 지 일 년쯤 지난 후, 한 남자애가 학교에서 단도직입적으로 물었다. 어릴 때부터 봐 온 사이였는데, 왜 사람들이 나를 괴롭히게 놔두는지 이해할 수 없어 했다. (그렇다고 그 아이가 다른 애들보다 더 친절했던 건 아니었지만.) "왜 너 자신을 위해서 맞서지 않아?" 그 아이가 물었다. 나는 거기 앉아 수업 내내 그 질문을 곱씹었다.

그 순간 속에서 스위치가 켜진 것처럼 행동에 변화가 생겼다.

더 이상 희생자가 되고 싶지 않았다.
그 대신 내가 가장 사랑하는 사람들에게
성나고 끔찍한 사람이 되었다.

진짜 제대로 미친 애였다. 선생님들에게 무례했고 부모님에겐 정말 정말 적대적으로 굴었다. 그때까지도 학교에서 무슨 일이 있었는지 말하지 않았기 때문에 그들은 내 부정적인 태도가 학교에서 나오는지 전혀 모른 채 전형적인 청소년의 행동이라고 미루어 짐작할 뿐이었다. 정말 못되게 굴었는데, 못난 짓이었다. 요새도 난 그 시절 못난 행동에 대해 부모님께 사과를 한다.

엄마 아빠는 내가 소악동처럼 군다고 생각했겠지만 안전한 내 침실에서 난 참 많이 울었다. 고문 같은 시간은 오랫동안 이어졌으며 GCSE(중등교육수료고사)를 치르고 나서야 끝이 났다. 시험을 마치자마자 곧장 지하철역으로 달려가야만 했던 기억이 난다. 아무도 내가 사라졌단 걸 모르게 하지 않으면 누가 쫓아올까 봐.

어떤 때는 지독한 슬픔에 방에 앉아 몇몇에 문자 메시지를 보낸 적도 있다. 예전엔 내 친구들이었지만 그 사건 이후로는 나를 차단한 여자애들한테. 비참하고 외로운 기분에 죽고 싶다고 말했다. 도와 달란 외침이었다. 그때 정말 죽음을 생각했는지는 모르지만 나는 그 아이들이 내가 얼마나 슬픈지 알아줬으면 했다. 살아 있는 악몽 그 자체였으므로.

여기에 관해 한참이 지난 후에도 부모님에게나 혹은 그 누구에게도 말하지 않았지만 나는 이야기했어야만 했다. 정신 건강과 더불어 내 삶은 이 사건 때문에 오랫동안 피폐했으므로.

이토록 기분이 나쁜 경우…

상황이 자주 절망적으로 보인다는 걸 안다. 무엇 하나 조금도 나아지지 않을 것 같은 곳에 있을 수도 있다. 하지만 상황은 나아질 수 있다. 내가 보장한다.

정신이 무너질 듯하고 무기력하다면 누군가를, 아니 누구라도 **불러야 한다.** 내가 어떤 기분인지를 듣고 나면 그들은 도움의 손을 내밀 것이다.

절대 포기하지 마라. 당장은 꼼짝없이 갇혔다고 느껴지겠지만 상황은 좋아질 것이다. 인생은 살아볼 만하다.

필요할 때 도움을 요청할 수 있는 곳들:

❯ 국립정신건강센터www.ncmh.go.kr에서 시·군·구 정신건강복지센터를 확인할 수 있습니다.

❯ 1577-0199 정신건강 위기상담전화와 보건복지부 콜센터(국번 없이 129)를 이용해 보세요.

❯ 만 9~24세 청소년과 부모 및 보호자라면 청소년사이버상담센터www.cyber1388.kr와 1388 번호로 사이버 상담, 문자 상담, 전화 상담(유선전화 국번없이 1388, 휴대전화 지역번호+1388)이 가능합니다.

❯ 카카오톡 청소년상담1388 채널도 이용하실 수 있습니다.

가짜 친구들과 신뢰하지 않는다는 것

'인기 많은' 친구들에게 바보 취급을 받던 중 학교의 다른 아이들도 전과 다르게 행동하기 시작했다. 나보다 더한 아웃사이더였던 애들 서넛은 그게 어떤 느낌인지 알아서인지 나에게 말을 걸어 줬다. 우리 학교에서 지내는 동안 멋진 애들이야말로 최고로 좋은 무리이고 '괴짜'들은 멋없고 이상하다고 배웠는지라 혼란스러웠다. 10학년에 이 친구들과 관계를 맺으면서 비뚤어진 판단이 바로 섰다. 나는 새로운 친구들 앞에서 괜찮은 척 연기하며 "나 괜찮아. 신경 쓰지 않아"라고 말했다. 하지만 사실은 아니었고 그들이 내 학교생활을 참을 만한 것으로 만들어 줬다. 그때 손을 내밀어 주어 진심으로 고맙다.

내가 겪는 일에 대해 내 친구였던 몇몇 여자애들도 속상해했다. 내가 죽고 싶다고 하소연하며 메시지를 보냈던 그 애들이다. 애들은 학교 밖에서는 괜찮냐며 메시지를 보내고 이따금 전화하곤 했지만 다른 사람들 앞에서는 절대 그러지 않았다. 나에게 걱정 말라던 그 애들이 학교에서는 나를 철저히 무시했다.

그게 날 당혹스럽게 했다. 나에게 친절하던 사람들이 다음번에는 왜 개떡같이 구는지 알 수 없었다. 이 '비밀스런

우정 전선'(솔직해지자, 그건 우정도 뭣도 **전혀** 아니었다)이 진짜
로 날 조져 놨다.

> *그들의 친절함이 가식이란 걸 깨닫자*
> *신뢰 문제가 생겨났다.*

진심이 아니었다. 내 세계관은 박살 났고, 나는 사람들이
선하지 않다고 믿기 시작했다. 모두 가면을 쓴 채 거짓말을
한다고 생각했다.

보이는 게 다가 아니고 인간은 신뢰할 수 없다는 시각은
큰 문제가 되었다. 그리고 그건 성인이 되어서까지 이어졌다.

그때 알았더라면 좋았을 것

› 모두가 힘든 십 대 시절을 거친다. 나는 새삼 편리한 샌드백이었다.

› 가장 자신만만해 보이는 사람도 속은 여릴 수 있다.

› 곧 진정한 친구들을 만들 것이다. 몇 년만 지나면 이런 부류는 걱정거리조차 되지 않는다.

› 학창 시절이 전부가 **아니다!**

› 바보 같은 계집애가 되는 건 문제를 해결하는 데 좋은 방법이 아니다.

› 입을 열고 **정직해져라.** 누군가를 어떻게 느끼고 무슨 일이 일어나는지 말하는 게 차이를 만든다.

› 네가 저지른 실수들에 절대 당황하지 마라.

정신 건강이 나빠지다

학교에선 거의 모두가 잘나가고 싶어 한다. 그래서 본인이 그런 치가 아니라면, 그리고 내가 스스로를 그렇게 여겼듯이 미움받는 사람이라면 괴로워진다. 일어날 수 있는 가장 안 좋은 일처럼 느껴진다. 게다가 사랑받지 못했기 때문에 극단적으로 간절하게 사랑받고 싶어 한다. 그래서 내 이십 대는 심각했다. 새로운 사람을 사귀면서 드는 생각이라곤 '난 정말로 당신이 나를 좋아해 줬으면 좋겠어요'뿐이었다. 그리고 그들이 그렇게 행동하지 않는다는 것에 스트레스받아했다.

신뢰와 엮여 문제는 점점 커져 나갔다. 나는 진심으로 사람들이 악하다고 믿었다. 항상 안 좋은 일이 기다리니 아무리 조심해도 부족하지 않다는 접근 방식이었다. 예를 들어나는 살인자들이 정상인처럼 보이고, 평범하게 돌아다닌다는 걸 매우 잘 알고 있었다. 그러니 나야말로 그들을 잡을 사람이라고 확신했고 끊임없이 주위를 살피고 사람들의 의중을 떠봤다. 나쁜 짓을 저지를 거라고 지레짐작했던 거다. 나는 내가 빌어먹을 매의 눈을 가졌다고 생각해서 남들을 수호해야 한다고 여겼다.

　난 언제나 지나치게 방어적인 기질을 지녔다. 열두 살 때 한번은 언니와 쇼핑을 간 적이 있다. 어떤 남자가 언니를 꽤 오랫동안 쳐다보자 나는 즉시 그의 앞에 나서서 "어딜 꼬나 보세요?"라고 말했다. 당연히 매우 위험한 행동이었다. 과잉보호 기질이 피해망상—바깥에 날 잡으려는 사람들이 존재하고 그들은 언제나 나쁜 의도를 가졌다고 생각—과 만나서 이보다 더 안 좋아졌다. 사람들이 말하고 행동하고 만지는 일에 집중해 '잡아내려' 했다. 한시도 경계 태세를 풀지 못한다는 건 엄청난 스트레스다. 그걸 이제는 안다.

　얼마나 헷갈리는 상황인지 딱 보이지 않나? 한편으로는 절박하게 나를 좋아해 달라 하고, 다른 한편으로는 믿을 수 없는 사악한 인간들이라고 생각했다니. 어떻게 두 가지가 공존할 수 있지? 그래, 당연히 공존하지 못한다. 그냥 머릿속이 난장판이었던 거지.

나는 위험이 곳곳에 도사린다 생각해 줄곧 나쁜 일이 일어날 것을 걱정했다. 테라피스트 말로는 내가 강박증 경향을 보인다는데 확실히 거기서 증상이 발현했다. 가족이나 친한 친구들이 그들의 집에 머무를 때면 나는 그들이 언제 집을 떠나는지 알 수 없었다. 만일 알았더라면 안 좋은 일이 그들에게 생길 거라고 강하게 느꼈을 것이기 때문이다.

내가 그들의 결과를 조종할 수 있다는 믿음은 해롭다. 나는 늘 기이하고 사소한 제멋대로의 생각—이를테면 '그 물병을 저쪽으로 움직이지 않으면 너의 가족은 죽을 거야'와 같은—에 시달렸다. 내게 특수한 초능력이 있고 사람들을 보호하고 제어하도록 온 우주가 위험 신호를 보내는 것만 같았다.

곤두박질치는 감정의 회오리

이십 대 중반, 내가 좀 알려지고 나서 더 어려워졌다. 더 많은 사람이 지켜본다는 말은 더 많은 사람을 알아내야 한 단 의미였다. 나를 미워할 거라고 생각해 정말 힘들었다. 그 래, 맞다. 나야말로 모든 사람이 악하다고 믿는 사람이다. 하지만 그들도 내가 악하다고 할까 봐 두려웠다. 사람들을 믿지 않았는데 그 대상에는 나도 포함돼 있었다.

상황은 계속해서 나빠져 갔다. 사람들이 날 보는 것에 두 려움을 느껴 종국에는 차에서 나와 어딘가로 걸어가는 것 조차 매우 힘들었다. 소리가 울려도 문을 열지 않고 전화도 받지 않았다. 나쁜 사람들이 가족을 해할까 걱정하며 상시 경계 태세였다.

밤에는 공황 발작이 오고 해리 상태—정신의 반은 실재 하고 다른 부분은 반쯤 죽어 있다고 느낌—를 겪었다. (해리

란 자신의 몸과 자신을 둘러싼 세계가 연결되어 있지 않다고 느끼는 정신 질병의 하나이다. 사람마다 다를 수 있다.) 구글에 '정신병'— 일반인과 다른 방식으로 현실을 지각하고 이해하는 것—을 검색해 보기도 했다. 그게 나에게 일어나는 일 같았다.

삶에 균형이라곤 없었다. 나의 감정은 극도로 기쁘거나 슬펐으며 중간은 없었다. 겉보기에는 성공—음악 커리어는 순조로웠으며 좋은 사람들이 곁에 있었고 잘 해내는 중이었다—을 이루어 냈지만 속으로는 전혀 다르게 느꼈다. 머릿속에서 나는 성공적이지 못했고, 음악 커리어는 망했으며 모든 사람이 나를 기만했다. 미치겠다, 그치?

진짜 슬픔을 깨닫던 때

한창 나락에 빠져 있던 어느 날,

슬프다는 건 눈물이 나는 것만이 아님을 깨달았다.

너무 슬퍼서 울 수조차 없었다.

그것보다 더 깊은 감정이었다. 슬픔의 새로운 의미를 몰랐더라면 좋았겠지만 알게 되자 나는 생애 최초로 인지 행동 치료사를 찾아가게 됐다. 그녀 말로는 내 정신은 붕괴 직전이며 심하게 절망스러운 상태라고 했다.

나는 그때 첫 앨범인 〈Speak Your Mind〉를 홍보 중이었고 새로운 창작물을 녹음하던 차였는데 치유하고자 잠시 일을 멈추기로 했다. 녹음 일정을 미루고 집에 머물렀다. 그러다가 2회 만에 치료가 소용없음을 깨달았다. 집에 있는다고 더 나아진 것도 없었다. 정신적으로 그리고 감정적으로 나는 여전히 같은 장소에 갇힌 느낌이었다. 학교에서 그랬던 것처럼 이곳에 존재한다고 생각하지도 않으면서. 그런 생각이 무던히도 스쳤다. 나는 '가족과 친구들이 나를 그리워할까? 그들이 날 신경 써 줄까?'라고 생각해 본 적이 없었다. 언제나 '나는 더 이상 이렇게 느끼고 싶지 않아'라는 생각만 가졌다. 내 감정만이 중요했고 이런 마음을 두 번 다시 느끼고 싶지 않았다.

우울증은 제멋대로였다. 어떤 것도 재밌지 않았다. 재미를 찾기 위해 예전에 하던 영화 보기, 볼링 치기, 노래방 가기를 했지만 아무런 효과가 없었다.

나는 감정 없이 갇혀 있었다.
슬프지도 기쁘지도 않고 무감각했다.
완전 바닥을 치고 말았다.

그때 유일하게 알았던 건 더 이상 나빠질 곳이 없단 사실이었다. 앞으로는 나아질 미래만이 있었다. 그런 바람에 기대어 버렸다.

그걸 깨달은 어느 날, 기분이 나아지기 위해 필요한 것들을 적어 보았다. 목록 앞부분을 공개한다.

1. 치료
2. 수면 의사
3. 운동
4. 음식
5. 부정적인 에너지와 사람 제거

더하여 매일 밤 그날 일어난 좋은 일, 나쁜 일들과 다음 날의 목표도 적기 시작했다.

그렇게 함으로써 나 자신을 온전하게 보듬을 수 있었다. 후에 맞는 테라피스트를 만나고 모든 문제점을 해결해 나가고 나서야 고비를 넘기고 삶을 더 좋게 탈바꿈했다.

앤 마리와 함께하는 북클럽

많은 교훈을 주며 내 정신 건강을 치료해 준 책들이다.

《**긴장한 행성에 대한 고찰** Notes on a Nervous Planet》 매트 헤이그 지음: 왜 근대 사회에서 우리 대다수가 초조함을 느끼는지 알게 해 줬다. 기술이 우리의 뇌에 미치는 영향과 여기에 대응하는 방법에 관해 쓰여 있다. 이 책을 읽고 나서 핸드폰을 조금 더 멀리했다. 작가의 문체는 대화하는 듯하여 따라가기 쉽다. 장시간 읽기를 원치 않는 사람들에게 치고 빠지기 좋은 최고의 책이다.

《**신경 끄기의 기술** The Subtle Art of Not Giving a Fuck》 마크 맨슨 지음 : 읽자마자 바로 내가 가장 좋아하는 책이 되었다. **진짜** 좋은 책이다. 무엇이 신경 써야 하는 중요한 것인지 또 무엇이 버려도 되는 중요하지 않은 것인지 배워야 한다는 내용이다. 예전에는 진짜 사소한 하나까지도 신경 쓰곤 했다. (사람들이 나를 어떻게 생각하는지 같은.) 하지만 책을 읽고 나서 상황을 올바로 보게 되었다. 게다가 직설적이고, 강한 그의 문체는 사랑스럽기 그지없다.

《**우리는 왜 잠을 자야 할까: 수면과 꿈의 과학** Why We Sleep: Unlocking the Power of Sleep and Dreams》매슈 워커 지음: 심오한 내용이었는데, 왜 수면이 중요한지를 과학적으로 입증하려고 했다. "자지 않으면 기분이 엉망일걸"이란 말에 질린다면, 도움이 될 책이다. 여러 가지 방법으로 수면이 뇌를 어떻게 돕는지를 심도 있게 알아본다. 흥미롭게 읽었다.

《**소년과 두더지와 여우와 말** The Boy, the Mole, the Fox and the Horse》찰리 맥커시 지음: 처음 이 책을 읽었을 때도 울었고, 읽을 때마다 울게 된다. 너무 감동적인 내용이다. 기분이 더러울 적에는 이 아름답고 기분을 맑게 하는 책을 읽는다. 기본적으로 착하고 괜찮은 인간으로 크자는 메시지를 담았다. 소년이 여러 동물을 만나며 깨달음을 향해 가는 여정을 풀어낸다. 나는 이 책을 많은 친구들에게 선물로 주었다.

테라피의 시작, 그리고 정답을 구하다

매니저인 재즈는 오랫동안 내 곁에 있어 줬는데, 날 도와 내 길을 찾아 주려 했다. 인지 행동 치료를 받은 지 몇 년이 지났지만 나는 여전히 불행했다. 그녀가 보기에 나는 도움이 필요했고 모든 것과 모든 사람이 나를 배척한다는 사고가 나를 슬프게 만드는 주범이라고 했다. 먼젓번에 테라피를 제안한 사람도 그녀였는데, 그때는 내가 치료사와 교감하지 못했기 때문에 결과가 안 좋았다. 그녀가 다시 한번 테라피 얘길 꺼내며 지금이야말로 시도해 볼 좋은 타이밍이며 새로운 치료사를 찾자고 말했다.

재즈는 새로운 치료사—C라고 부르자—를 소개시켜 줬다. C와의 첫 상담부터 나는 속마음을 쏟아 냈다. 다만 그녀는 듣기만 하지 않고 여러 질문을 던졌다는 점이 지난번과 달랐다. 그녀는 내 머릿속을 파헤치기 시작했다. 왜 내가 특정한 생각들을 가지게 됐는지 물었고 내가 수년 동안 가졌던 가정들을 부수었다. 내가 확신했던 믿음 체계는 옳았다.

나는 뇌가 작동하는 기전에 매료되었고 즉각적인 감정 아래로 어떤 일이 일어나는지를 납득해 나갔다. 우리는 함께 자질구레한 생각들을 풀고 또 합쳤다. 퍼즐 조각 맞추기같이. 굉장한 경험이었다.

단언컨대,

머릿속에 무슨 일이 일어나는지를 이해하자
더 좋은 방향으로 변화가 시작되었다.

한 주에 한 번 가는 테라피—요즘에도 여전히—가 내 삶을 바꿨다. 말하기와 털어놓기의 미학은 무조건 성공을 가져온다. 그게 없었더라면 여기 내가 존재하고 있을는지 모르겠다. 설령 있더라도 예전과 같은 사람이었겠지. 물론 이제는 불가능하다.

슬플 때… 털어놓는 방법

모두가 쉽게 치료사와 접촉할 수 없단 걸 안다. 쓰레기 같은 기분일 때 스스로를 도울 다른 많은 방법이 있다. 우선, 무슨 감정을 느끼는지 아는 게 첫 번째 단계이다. 당신의 문제를 다른 사람들과 부정적으로 비교하지 마라. **절대로** 대책을 마련하지 않아도 되는 사소한 문제가 아니다.

쓰기

기분이 엉망일 때, 나는 글을 쓴다. 내 생각과 기분을 종이에 옮겨 놓으면(휴대폰 메모장도 좋다) 기분이 이상했다가도 감정을 잘 갈무리할 수 있다.

말하기

당장에 어떻게 표현해야 할지 몰라도 아무에게나 당신이 느끼는 바를 말하는 게 좋다. 당신이 믿는 친구, 부모님, 동료에게 일상적인 대화를 건네 시작하라. 무서울 필요 없다. 모든 걸 알거나 이해해야지만 대화를 시작할 수 있는 건 아니다.

테드TED 강연 & 유튜브 비디오

짜증 날 때 가장 효과적인 방법 중 하나는 감정에 관련된 테드 강연 찾아보기. 대단한 강연과 비디오들을 보면 전문가들은 나보다 훨씬 기분이 나아지는 방법을 잘 설명한다. 놀랍게도 나와 같은 감정을 느끼는 사람이 나 혼자가 아니라는 느낌을 주고, 또 많이 배운다.

이상의 방법에 더해 호기심을 갖는 일이 얼마나 좋은지 알게 됐다. 무슨 기분인지 바로 이해할 수 없거나 남에게 설명할 단어를 찾지 못할지라도 기분에 관해 궁금해해라. 배나 몸이나 머리에서 느껴지는 기분에 대한 다른 답안을 가지는 대단한 자원이 많다. 머릿속을 탐구하자.

그릇된 믿음, 테라피가 날 이해시키다

내가 경험한 테라피의 결과는 놀랍다. C는 뇌 깊은 곳에서 실제로 일어나는 일이 뭔지 설명해 줬다. 치료사를 만날 수 없더라도—당연히 모두가 만날 수 없다는 걸 알기에 자신의 그릇된 믿음—사실이 아닌 것—이 무엇인지 생각해 봐라. (구글 박사님에게 의존해 셀프 진단을 하란 말은 아니다. 본인에게 심각한 문제가 있다고 생각한다면, 전문적인 도움을 구해야 한다.) 내 믿음들이다:

사람들은 악하다는 그릇된 믿음

앞서 언급했듯이 난 여기에 강박 관념을 가졌었다. '신이 시여, 전 탐정이 됐어야 하나 봐요. 나에겐 초능력 같은 게 있어요'라고 생각하던 나에게 내 치료사는 "아니, 그건 아냐. 단지 넌 무척 예민한 데다 과하게 반응하는 거야"라고 했다. '엥?' 하며 구글을 검색해 보니 음, 그녀가 맞았다.

그녀가 증상에 이름을 붙여 주니 일의 전후가 명확해졌다. 나는 이런 생각을 가진 단 한 명의 극단주의자가 아니었다. 단지 내 뇌가 과잉으로 각성되어 작동 중이었다. 그걸 알게 되자 큰 짐을 어깨에서(혹은 머릿속에서) 덜어 내고 행복해졌다.

내가 미래를 조종할 수 있다는 그릇된 믿음

난 내 강박 경향이 가족에게 고약한 일이 닥치는 것을 막아 준다고 확신했다. 그런데 C는 의문을 제기했다. 단박에 "왜 네가 누군가의 생사여탈권을 쥐고 있다고 생각해?" 하며 물었다. 나는 "글쎄, 그냥 그런 것 같아"라고 대답했다. 그렇게 죽음을 둘러싼 대화가 시작되었다. 우리는 곧 내가 죽음을 두려워하고 그와 같은 공포가 내가 사람들의 결과를 조종할 수 있다고 믿게 만드는 시발점이란 걸 깨달았다.

함께 이야기하며 어디서 이 모든 것이 시작했는지 왜 끔찍

한 일이 일어날지에 대해 그토록 걱정하는지를 조합해 짜
맞출 수 있었다. 내가 열네 살 때 언니인 샘이 죽다시피 한
사건이 있었다. 갑자기 언니는 뇌 수막염에 걸렸는데 우리
는 그걸 바로 알아차리지 못했다. 배에 발진이 생겨났고 곧
매우 아파했다. 그날 밤 토하기 시작했으나 부모님을 걱정
시키고 싶지 않은 마음에 아무런 말도 하지 않았다. 다음
날 아침, 언니는 정신을 잃은 채 침대 밖으로 굴러떨어졌다.
우리는 구급차를 불렀고 나중에야 응급구조사가 항생제
주사를 놔 주어 언니가 살았다는 걸 알게 됐다.

　너무도 공포스러웠다. 언니가 회복한 후 집으로 돌아왔
을 때 우리 가족은 더는 그 사건을 입 밖에 내지 않았다. (여
담이지만, 옳은 행동은 아니었다.)

　나는 우주에서 나오는 외적 에너지가 뭔가 나쁜 일이 일
어날 것이라고 나에게 말해 준다고 생각하곤 했다. 하지만
내 치료사는 내 생각을 바로잡아 주며, 이건 어떤 미지의 힘
이 아니라고 했다. 뿐만 아니라 내가 초능력자거나 매의 눈
을 가진 것도 아니라고 했다. (쪽팔리는군.) 단지 걱정과 스트
레스일 뿐. 그리고 무서울 정도로 빠르게 죽음이 다가오는
걸 봐 버린 내가 사람들이 죽지 않기를 바랐던 것이었다. 이
런 바람을 장치 삼아 내 방식대로 두려움을 제어하고자 했
던 건데, 역시나 잘되지는 않았다.

이게 무엇인지 알아내서 다행이었다. 내가 평생 그러한 생각을 멈추지 않으리란 걸 알지만 그나마 덜 생각하게 됐다.

아무도 믿을 수 없다는 그릇된 믿음

무지막지하게 사람들을 신뢰하지 않아서 나는 사람들이 일을 잘못 처리하면 편집증 환자처럼 그들이 나를 바보 취급한다 여겼다. 예를 들어 옛날에 나와 함께 일하던 동료는 언제나 일을 망쳐 놓았다. 그럼 나는 '아, 그는 내가 망하길 바라는군. 내가 실패하길 바라고 날 싫어해'라고 생각하곤 했다. 하지만 내 치료사는 "음, 아니야. 아마 그는 일에 능숙하지 못한 걸걸?"이라고 했고 나는 '아하!' 싶었다. (이것도 그녀가 옳았다.)

모든 문제가 나 때문에 생긴 게 아니란 걸 이해해 나가는 작업은 매우 즐거웠다. 대다수의 경우에서 사람들은 내게 오물을 묻히고자 하는 게 아니었고 그냥 자신들의 삶을 살고 있었다.

고백하자면 아직도 나는 내 문제점들을 개선하는 과정에 있다. 하지만 사람들을 믿지 않는 게 본인이 가진 에너지를 소진시킬 뿐이란 걸 안다. 매일을 훑어가며 모든 사람은 나쁘다고 생각하면 진이 빠진다. 화나고 냉소적인 사람이 돼버린다. 입증되기 전까지 사람들은 선하다고 믿는 것이 더 나은 삶의 방향이다. 그래서 노력 중이다.

모두에게 사랑받아야만 한다는 그릇된 믿음

다른 사람들이 나를 어떻게 생각할지 모른다고 걱정하다 보면 지치게 된다. 내가 제어할 수 없는 일이다. 모든 사람이 날 좋아하게 만들 수 없다. 백 퍼센트 확신하는데 모든 사람이 날 좋아하지 않을 것이다. 하지만 괜찮다. 왜 모두가 날 좋아해야 하는가? 내 말은 나도 모두를 좋아하지 않는다. 그런데 왜 모두가 나를 좋아할 거라고 기대할까?

그걸 깨닫자 더 행복해졌다. 옛날에도 행복한 순간이 더러 있었지만 다른 사람의 생각을 걱정하여 영향을 받곤 했다.

근심을 내려놓고 자신을 되찾는
속성 연습법

어디서나 어느 때고 할 수 있는 아주 쉽고 짧은 연습법을 소개하겠다. 부담감을 주체하지 못할 때 걱정을 털어 내는 데 도움이 된다.

먼저, 앉기 편안한 장소를 찾자.

심호흡을 크게 하고.

5분간 모두가 당신에 대해 하는 생각을 걱정하지 않는 자신을 상상해라. 걸으면서 자신만의 생각을 해라. 당신에 관한 다른 사람들의 생각이 아니라.

눈을 감고 걱정 없는 당신을 상상해라.

정말 자유롭다. 당신이 원하는 일을 하고. 당신이 원하는 옷을 입는다.

눈을 떠라.

상상해 봤으니 실제로 할 수 있다. 시도해 보자! 방금 전에 상상한 그 모습의 사람이 돼 보자.

연습이 필요하지만, 효과가 있다. 날 믿어 봐.

매일 나는 조금 더 걱정을 내려놓는다.
그건 정말이지 기분 좋은 일이다.

　계속해서 다른 사람들의 생각을 걱정하다 보면 진실된 본인의 모습으로 존재하기 어렵다. 무리에 속하려고 당신을 끊임없이 조금씩 고쳐 나가고 그들의 의견에 맞춰 나가는 걸 생각해 보아라.

　타인의 시선 속에 살아가기에는 삶이 너무 짧다. 단지 당신의 상상 속에서만 일어나는 일이다, 어쨌든. 그러니 걱정할 필요가 있을까? 대체 누가 상관할 수 있나? 당신의 삶은 당신의 것이다.

　근심을 털어 버리면 삶은 더 즐거워진다! 진정한 당신이 될 수 있다. 그냥 자신 말이다. 당신이란 사람의 본래 모습이니 노력할 필요도 없다. 마음 편히 스스로와 사랑에 빠지면 다른 사람들이 나를 좋아하거나 말거나 전혀 관심을 두지 않는다. 왜냐하면 **내가 나**를 사랑하니까. 그리고 나는 더 행복해질 테니.

기분을 나아지게 만드는
나의 잡동사니 목록

눈 | 해 | 식물과 대화 | 큰 모자 | 배낭 | 야채 | 책 | 요가 | 빙고 | 판사 주디 | 껴안기 | 내가 꿈꾸는 드레스Say Yes to the Dress | 레고 | 직소 퍼즐 | 비 냄새 | 양초

기분을 나아지게 만드는
너의 잡동사니 목록

_____

_____

_____

_____

_____

테라피에서 얻은 가장 큰 발견

내 모든 문제점을 직면했더니 삶이 뒤바뀌었다.

치료사와 함께 행동에 따라오는 내 감정의 이유를 알아내려고 애쓴 덕분이다. 내면 깊숙이 파고들고, 기분들에 이름을 붙여 주고, 이런 일이 일어났을 때 뇌가 어떻게 움직이는지 이해하려 했다. 내가 이상한 인간이라서가 아니란 걸 찾아가는 과정이었다.

기분을 말하고 설명하는 건 멋진 일이다. 이런 과정을 거치며 모든 사람에게 테라피를 소개하고 싶어졌다. 또한 처음으로 사람들에게 마음을 열기도 했다. 최근엔 엄마와 아빠에게 학창 시절에 벌어졌던 일을 고백했다. 그때 당시에는 절대 공유하지 않았던 모든 상황을 말이다.

부모님은 충격을 받았다. 심지어 아빠는 "네가 어떤 일을 겪는지 알았더라면 너에게 그렇게 엄하게 굴지 않았을 텐데"라고 말했다. 내가 이야기했듯이 나는 집에서 나쁜 자식이었기에 그들은 그런 날 벌주기도 했다. 그럼 나는 밀려드는 슬픔에 내 방에 스스로를 가뒀다. "우리가 알았더라면, 너에게 안식처를 줬을 텐데"라는 아빠의 말에 진작 말할걸 싶었지만 과거는 바꿀 수 없다.

그래도 그들과의 대화는 재미있었다. 학교 일에 관한 대화를 물꼬로 그들도 다른 일들을 좀 더 개방하게 됐다. 예전엔 그런 적이 없었다. 이렇게 스스로에 공들이면서 부모님과의 관계는 차차 나아졌다. 모두에게 같은 원리다: 자신을 잘 알게 되면 사랑하는 사람들과 더 원활한 의사소통이 가능하며 유대감도 강화시킬 수 있다.

수치스러울 때… 이걸 사용해 봐라

수치와 당혹스러움은 항상 수많은 문제점 뒤에 숨어 있다.

난 더 이상 사람들의 생각을 신경 쓰지 않는다. 그게 나를 멈추게 하지도 않을 거다. 그리고 당신도 신경 쓰지 않았으면 좋겠다.

만약 진창에 빠진 기분이 든다면, 가진 감정들이 타당하거나 중요하지 않다고 생각한다면 스스로에게 정말 중요한 한 가지 말을 했으면 한다.

내 감정은 결코 창피한 게 아니다.

말해라. 머릿속으로 그리고 입 밖으로. 당장 최소 다섯 번은 말해라. 해 봐라, 어서! 또한 스스로가 못 미더울 때마다 반복해라. 확언으로 삼아라.

강박 경향이 매우 심해지던 때 확언의 힘을 처음 배웠다. 확언은 짧고 긍정적인 문장들로 부정적이거나 스스로를 괴롭히는 생각들을 반박하기 위하여 되풀이한다. 거듭 반복해서 말하다 보면 기분이 나아졌다. 같은 문구를 되풀이하면서 그 속의 모든 단어를 믿게 된다. 효과가 있다. 시도해 봐라! (내가 사용하는 확언: 나와 가족과 친구가 오래 살아 되고자 하는 사람이 되게 해 주세요.)

걷기에 대하여, 내가 걷기를 사랑하는 이유

예전엔 걷기가 지루한 줄 알았다. 사실 나는 걷기를 **싫어했었다.** 이유는 모르겠다. 드물게라도 산책을 나간 경우는 거의 대부분 다른 사람이 시켜서였다. 자연 근처에 있는 걸 싫어하지는 않았다. 실은 나무와 초록 잎 사이에서 시간을 보내는 걸 언제나 사랑해 왔다. (거실 창에서 멋진 나무 풍경이 보이는 집을 사기도 했는걸!) 하지만 웬걸. 걷기는 개나 주라지.

어느 날 무슨 까닭이었는지 숲속에서 걷고 싶다는 생각이 들었다. 갑자기 홀로 자연과 함께하고 싶다는 충동이 솟아났다.

두 시간 동안 걸어 다녔는데
진심으로 내 삶을 통틀어
최고의 두 시간이었다.

발밑에서 잎사귀와 가지가 타닥거리며 갈라지는 소리에 귀 기울였고, 큰 나무 둥치에 앉아 마음이 가는 대로 내버려

두었다. 비가 오기 시작했고, 나무 캐노피 아래에 들어가 구름을 뚫고 비가 땅으로 내려오는 것을 바라봤다. 지나가는 사람들의 생각은 전혀 신경 쓰이지 않았다. 마치 천국에 있는 느낌이었다.

그전엔 산책하러 나올 때마다 무언가를 하고 있어서 주의가 산만했다. 전화를 받는다거나 노래를 듣는다거나 함께 걷는 사람과 얘기를 나눴다. 겨우 혼자가 되자 내가 그 순간에 살고 있는 느낌이 들었다. 당장 현실에 존재한다는 인식이 나를 차분하고 행복하게 만들었다.

할 수 있다면 걸으러 나가라. 가장 중요하게도 안전한 곳인지부터 확인하고. 그리고 모든 것(전화기조차도)과 단절된 순간을 보내자. 그저 세상에 존재하도록.

스웨덴 사람들은 이런 멈춤과 감사의 시간을 '피카fika'라고 부르며 중요한 풍습으로 받아들인다. 내가 그 엄청난 산책을 했을 때가 나의 피카였다. 당신도 할 수 있는지 보자.

기분 좋아지는 플레이리스트

완전히 주의를 빼앗기지 않고 걸을 준비가 덜 됐다면, 여기 우울하게 일어나는 날에도 항상 내 기분을 나아지게 하는 노래들과 함께 해 보아라. 자신만의 플레이리스트를 만들어 혼자 걷기를 목표로 산책 시 들어라.

Christina Aguilera-Soar

HONNE-Warm on a Cold Night

Jose Gonzalez-Heartbeats

John Mayer-3x5

Kendrick Lamar-DNA

MGMT-Electric Feel

Omar-Golden Brown

Oren Lavie-Her Morning Elegance

Sia-Beautiful Calm Driving

Stormzy-Superheroes

Shakka-Strength of an Ox

Toots and the Maytals-54-46 Was My Number

Vampire Weekend-Harmony Hall

잠에 대하여, 내가 잠들기 싫어한 이유

내게 잠은 언제나 골칫거리였다. 학창 시절엔 에너지가 너무 넘쳐 나 밤에도 피곤하지 않았다. 몇몇 밤에는 새벽 4시까지도 자지 않다가 아침 7시에 일어나서 학교에 가기도 했다. 모두가 말한 대로 잠을 더 **자야만 했다**는 걸 알았지만, 자는 건 의미 없고 지루하게 느껴졌고 더군다나 피곤하지 않았다. 의도적으로 반항하거나 까다롭게 군 건 아니었다.

나이가 들면서 수면 문제는 심각해졌다. 특히나 투어를 시작하면서부터. 공연 후 머무는 집이나 호텔방은 방 한 칸에 딸린 침대가 고작이었다. 점점 **당장 자러 가야 한다**는 압박감을 많이 느꼈는데 증상이 심해져 도무지 침대 위에서 잠잘 수가 없었다. 나는 침실이 대체적으로 싫었고 불면증으로 이어졌다.

한번은 수면 의사를 찾아갔다. 그러나 그는 수면제만 주었고 그걸 먹고 나면 아침에 정신이 혼미했다. 그렇다고 약 먹기를 관두면 아예 잠을 잘 수 없었다. 결국 야간 간호사와 주간 간호사에게 갔는데 그 자체로도 문제였다. 마음속 깊은 곳에서 나는 여전히 잠자는 게 싫었고 명상은 밤에 대한 불안감을 해소하지 못했다.

《우리는 왜 잠을 자야 할까Why We Sleep》란 책을 읽고 나서야 아귀가 맞춰지는 느낌이 들었다. 책을 읽으며 수면으로 얻을 수 있는 중요한 신체적이고 심리적인 장점을 배웠다. 그중 하나는 우리 뇌가 기억을 저장하게 만들어 준다는 것이다. (아마 수면 문제 때문에 기억력 문제도 생겨났다.)

뿐만 아니라 생체 시계란 개념을 배웠고 나처럼 어떤 사람들은 선천적으로 다른 사람들보다 긴 생체 시계를 가졌다는 사실도 알게 되었다. 오후 10시에 잠들고 아침 7시에 일어나야 한다고 배우며 자랐겠지만 모두가 그렇게 타고나진 않았다. 몇몇은 더 오래 깨어 있을 수 있다.

사회는 모두에 맞게 설계되지 않았는데 특히 내게도 그렇다.

그걸 아는 것과 동시에 진짜 피곤할 때만 침실로 가는 행동이 도움이 됐다. 수면과의 관계는 진전 중이나 본인이 대단한 수면가가 아니라면 부담 갖지 않아야 한다는 게 요점이다. 우리 모두는 다른 생체 시계를 가졌다. 누구는 일찍 일어나는 새이고 누구는 밤 올빼미이다. 그러므로 빡빡한 타임 테이블에 꼭 들어맞지 않는다고 해서 스트레스받아 하면 상황을 더 악화시킬 것이다.

왜 과거를 후회하지 않는가

어쩌다가 과거를 돌아보면 '개 같은 시절을 보내지 않았더라면 좋았을 텐데' 하고 안타까워진다. 참 오랫동안 불행했고 신나는 추억들을 앗아가 버렸다.

그럼에도 배움은 존재한다. 바로 부정적인 감정을 느껴도 괜찮으며 오히려 그것이 긍정적으로 작용하기도 한다는 점이다. 우리는 그런 감정을 겪으며 성장하고 변하기 때문이다. 즉, 가장 최악의 순간은 가장 과도기적이며 고통으로부터 아름다움이 피어난다.

어떤 방법도 효과 없을 때,
당신을 웃게 만들어 줄 유머

그거 알아? 때때로 개떡 같은 날엔 어떤 걸로도 달래지지 않아. 플레이리스트, 걷기, 그 무엇으로도 말이지. 여전히 심한 우울에서 헤어나오지 못하는 상황이라면 썰렁한 농담이 제격이다.

샌들을 신은 프랑스 여자를 뭐라고 부를까?

플리페 플로페라Phillipe Phloppe

*플리플랍(flip-flop)이라 부르는 샌들을 프랑스어로 플리페 플로페라는 여자이름으로 사용한다는 뜻이다.

멍청한 금발 농담은 왜 짧지?

남자들이 기억할 수 있게

*금발 여자를 멍청하다고 부르는 남자들도 멍청하다는 내용으로 그나마 짧아야 멍청한 남자들이 기억할 수 있다는 뜻이다.

내 여자친구와 나는 서로 경쟁적인 면에 대해 자주 웃는다.

근데 내가 더 많이 웃는다.

*심지어 웃는 것도 내가 더 많이 웃는다고 말하니까 얼마나 경쟁적인 성격인지 알 수 있다.

두 마리의 물고기가 탱크에 있다. 한 마리가 다른 한 마리에게
말하기를,

"야, 이거 어떻게 운전해?"

*수조 탱크를 전차 탱크라고 생각하고 몰 수 있다고 생각하는 물고기.

그게 나란 사람이다!
싫다면 전혀 신경 쓰지 마라!
벌써 충분히 겪을 만큼 겪었다.
가짜 친구들은 필요 없다.

우정의 참뜻 알기

대학에서 공연 예술을 공부하던 시절에, '진실 서클'이 라는 그룹 과제를 했었다. 학기의 중반부쯤에 진행되어 모두가 서로를 어느 정도 알고 있었다. 이 과제의 취지는 서로의 첫인상에 대해 솔직해지자는 것이었다.

내 첫인상? 미친 애였단다. 아마도 '가까이 오지 마'란 에너지를 발산하면서 누구와도 대화하고 싶지 않은 것처럼 보였나 보다. 모두가 내가 친구 사귀는 일에는 전혀 관심이 없어 그들을 멀리한다고 생각했다.

그걸 들었을 때 슬퍼하며 사과했다. 나를 나쁜 사람이라고 여기기를 바라지는 않았다. 하물며 내가 보이고 싶었던 모습은 **정반대**였다.

왜 그들이 그런 인상을 받았는지는 알았다. 학창 시절에 겪었던 일 때문에 나는 특정한 태도를 지니게 됐는데, 누구도 나를 사랑하지 않고 아무도 믿어선 안 된다고 생각했다. 그래서 퍽 그런 티가 났나 보다.

나는 방어적이었고 가까이하기엔 힘든 사람이었다.
하지만 속으로는 불안투성이였다.

나 자신을 사람들에게 열고 친구를 제대로 만들기가 힘들었다.

우정에 관한 진실 #1:
다른 사람들이 너를 평가하는 의견에 휘둘리지 말자

여전히 꼬인 인식

대학 시절 내가 생각하는 우정은 철저히 뒤틀린 것이었다. 친구라고 여겼던 이들에 따돌림당하고 힘겨워했던 과거의 경험 때문에 나는 여전히 감정적으로 닫힌 상태였다.

사랑을 갈구하며 내가 제대로 된 친구들을 갖지 못한 건 철저히 내 잘못이라고 여겼다. '내가 형편없는 인간이라서

쟤들이 나를 좋아하지 않는구나'란 생각이 머릿속을 맴돌았다. 고통스러웠지만 입학 당시 그 마음가짐을 버리지 못했다. 대학에서 좋은 친구들을 만났는데도 말이다.

최근 몇 년 동안 이 시절에 대해 꽤 많은 생각을 해 왔다. 그리고 깨달았다.

내가 겪어 온 과거가 없었더라면 지금의 나는 없다.

생각이 깊은 사람이지도, 주위를 잘 아는 사람이지도, 공감적인 사람이지도 않았을 것이다. 과거에 감사하다. 완전 쓰레기 신세를 면치 못했지만.

외로울 때… 진리의 문장들

외롭다는 게 어떤 건지 안다. 마치 아무도 날 좋아하지 않고 산 사람 중에 내가 가장 인기가 없고 본질적으로 내게 어떤 문제가 있어 사람들이 나를 좋아하지 않는다 여기는 끔찍한 기분이다. 하지만 약속할게. 괜찮아질 것이다.

감정은 사실이 아니다

우선, 이렇게 느낀다고 해서 그게 사실이란 뜻은 아니란 걸 기억해 두자. 네가 잘못한 게 아니다. 누가 싫어한다 해도 상관없다. 너는 살아 있고, 괜찮으며 네가 가진 의도는 선하다. 그러니까 누가 상관이나 한대? 걔들 손해다.

시간을 갖고 기다려라

너의 무리, 진정으로 너와 소통하며 만나는 사람들을 찾는 데는 시간이 다소 걸린다. 단숨에 눈앞에 짠하고 나타나는 게 아니니까 스트레스받지 마라. 평생을 두고 언젠가 같은 성향을 가진 사람들을 마주하는 날이 온다.

고독 대 외로움

기억해라. 너는 너의 가장 좋은 친구이기도 하다. 또한 스스로 혼자 보내는 시간을 택한 고독은 외로움과 달리 즐거움이 무척 크다.

최근 고독을 즐기는 방법을 알게 됐다. 나는 누군가가 언제나 옆에 *있어야만 한다*고 믿는 사람이었다. 다른 사람 없이는 살아갈 수 없다고 생각해서 걸어 다니는 사람들을 보기라도 하려고 열차 승강장에 앉아 있기도 했었다. 하지만 결국에는 혼자인 상황에 직면해야 했다. 진심으로 혼자서 산책하기를 원했기에 억지로라도 해야만 했다. 처음엔 싫었고, 이상하고 미친 짓 같았지만 스스로 채찍질하며 몇 번 더 시도했다. 여느 것처럼 시간이 흐르자 즐기게 되었다. (올리브 먹기와 똑같다!)

이제 나는 혼자 보내는 시간이 소중하고, 얼마나 편안한지 안다.

새로운 친구들을 사귀기 시작하다

내가 다닌 대학교에는 나와 같은 고등학교 출신이 많았다. 그게 너무나 두려웠다. 예전 평판에 사로잡힌 것만 같았다. 고등학교 애들이 대학교 사람들에게 내가 등신이라고 말할까 무서웠고 과거의 나를 아는 사람은 모두 치우고 싶었다. 새로운 삶을 위해 오래된 삶을 청산하고자 완전 새로운 사람들과 어울리기 시작했다. 그러면서 나는 잔뜩 망가지고 나태해졌는데 나중에 그건 큰 문제가 되었다.

수업을 들어서 괜찮았던 점은 진짜 친구들을 사귀게 되었다는 점이다. 특별히 꼽자면 닉이 있다. 내가 학교에서 아는 사람들을 그녀도 알았던지라 처음 그녀와 만날 때는 위축

됐었다. 하지만 우리는 너무 비슷한 면이 많아 곧바로 친해져 버렸다. 학창 시절에 겪은 일과는 관계없이 나를 있는 그대로 사랑해 주는 진짜 친구와 함께하니 기분이 좋았다.

우정의 참뜻을 알아가다

대학을 마친 후, 지역의 탤런트 쇼(장기자랑 경연)에 참여하곤 했다. 주말마다 아빠는 나를 데리고 에식스—그중에서도 펍들—를 돌았고 나는 그곳에서 노래를 불렀다. 내 삶에 없어서는 안 될 중요한 사람 중 하나인 클레어를 만난 건 그 무렵 열여덟 살 때였다. 우리의 만남을 떠올리면 웃음이 나오는데, 아주 나—스럽다랄까.

이상하겠지만 나는 이미 그녀를 알았다. 우린 주말에 같은 무용 학원에 다녔는데 그녀가 나보다 나이가 많아서 친해질 기회는 없었다. 이 시점에 그녀는 이미 프로 가수와 공연가로 성장하였고 이 탤런트 쇼의 심사 위원 중 하나였다. 무대에 오르던 나를 알아본 클레어가 "너 무용 학원에서 봤었어"라고 말했다. '그것참 굉장하네'라고 생각하며 앨리샤 키스의 'How Come You Don't Call me'를 불렀다.

노래를 마치자 그녀가 몸을 숙여 다른 심사 위원에게 귓속말을 했다. 내가 그 당시에 모두가 나를 잡으려 한다고 얼마나 수상쩍어했는지 기억하는가? 그래서 그 즉시 그녀에게 적대감을 드러내며 정말 도전적으로 외쳤다. "도대체 나에 대해 뭐라고 하는 거야?!" 무슨 자동문인 양 그녀가 나를 바보 취급한다고 생각했다. 클레어는 놀란 눈으로 나를 바라보며 "나는 네가 진짜 잘한다고 말했을 뿐이야"라고 대답했다.

망할. 완전히 잘못 알았던 거였다. 아직도 클레어는 그때 일을 가지고 나를 놀려 대곤 한다. 내 태도에도 불구하고 우리는 친한 사이로 발전했다. 그녀는 가수들이 60년대의 인기곡들을 피처링하는 모타운 트리뷰트 쇼(헌정쇼)를 운영했는데 나도 참여하게 되었다. 열여덟부터 스무 살까지 삼년간 그녀와 함께 작업했다. 많은 시간을 보내며 우리는 끈

끈한 유대 관계를 맺었다.

나는 클레어의 많은 면을 동경했다. 그녀는 나보다 조금 더 나이가 많아서인지 보다 많은 일—실연, 삶, 이주 등—을, 여러 산전수전을 겪어 왔고 내가 처한 모든 상황을 알았기에 언제나 좋은 해답을 가지고 있었다. 감동이었다. 게다가 절대 나를 판단하려 들지 않았다. 내가 어떤 처지에 놓이더라도 그녀는 내가 지극히 정상이라 느끼게 만들며 지지를 보내왔다. 우리는 뗄 수 없는 사이가 되었다.

우정에 관한 진실 #2:
진짜 친구는 네가 잘되기를 바란다.

클레어는 지독하디지독했던 매튜와의 결별을 포함하여 고통스러운 시간을 견딜 수 있게 도와주었다. 그는 나에게 안 좋은 영향을 끼치는 사람이며, 그와 함께할 때 나는 본연의 모습이 아니란 걸 알았다. 그래서 나를 원상태로 돌려놓으려고 했다. 몇 달간 그녀의 집에 머무르며 실연의 아픔을 이겨 낼 수 있었다. 클레어는 친구가 상대방을 위해 어디까지 해 줄 수 있는지를 보여 준 첫 번째 사람이었다. 그녀와의 우정은 특별했다. 여전히 우리는 가깝게 지내며 난 그녀 아들의 대모이다.

좋은 사람들과 관계를 맺다

이십 대에 음악 산업에 더 몰두함에 따라 친구들을 사귀는 데에도 능숙해졌다. 맨날 사람들에 둘러싸여 있으니 말다 했다. 히죽댈 때조차 노상 밴드와 제작진이 함께였으므로 대략 스무 명의 인원들과 잘 지낼 필요가 있었다. 여전히 나 자신을 사랑하지 않았지만 최소한 다른 사람들에게는 친절하려고 했다.

*다들 날 털털하고 유쾌하고 **시끄러운** 애로 알았다.*

루디멘탈의 객원 보컬로서 투어하던 그 시기에 그들의 드러머인 비니를 만나 좋은 사이가 됐다. 클레어가 그랬던 것처럼 그도 나에게 같은 감정을 느끼게 했는데, 좋은 사람인 그와 잘 맞을 것 같았다. 그는 정말로 착했고, 나를 알게 되자 내가 이따금 초조해한다는 걸 이해하고 최선을 다해 나를 변호해 주었다. 또 밴드 일원인 브리젯과도 친하게 지냈다. 비니와 클레어, 둘과 비슷한 기질을 지니는 그녀는 사랑스러움 그 자체다.

이십 대 중반에 접어들자 나와 함께해 주는 친구들이 더 든든하고 기쁘게 느껴졌다.

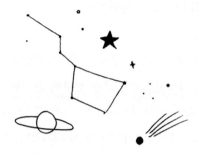

대학 시절에 닉이 있었던 것처럼, 나는 그룹의 일원이라기보다는 개개인과 개별적인 관계를 가지는 게 더 안심이 됐다. 만약 그룹에 들어갔더라면 누가 내 뒷담화를 하지는 않는지 다른 사람들한테 나를 미워하라고 하지는 않는지 걱정했을 거다. (학교 일은 줄곧 따라온다.) 군중 심리는 정말이지 싫어 소수의 인원으로만 꾸려 나갔다. 그때의 친구들은 지금도 여전히 나와 함께한다.

우정에 관한 진실 #3:
사람들이 살면서 어떤 일을 겪는지 알지 못하니 속단하지 말자.

감을 믿되 첫인상은 흘려보내기

차츰 보다 수월하게 친구를 만들 수 있었다. 직감을 믿는 편이었는데, 식스센스처럼 그들 전부에 순수한 마음이 느껴졌다. 아주 짧은 시간에 그런 분위기를 포착하면 즉각 경계심을 풀어도 된다는 오케이 사인이 내려졌다. 요새는 꽤 많은 사람들한테서, 심지어 TV에 나오는 사람들에게도 그런 느낌을 받는다. 스테이시 둘리 같은 사람을 보곤 '세상에나. 너무 매력적이다. 친구가 되고 싶어'라는 격이다.

최근까지도 우정뿐 아니라 인생의 중요한 결정을 할 때마다 직감에 의존해 왔다. 그러나 심장이 하는 말을 백 퍼센트 따르는 게 고민할 때보다 언제나 맞아떨어지지는 않았다. 《침프 패러독스The Chimp Paradox》란 좋은 책은 이성적인 판단을 하는 게 감정을 전적으로 믿는 것보다 왜 더 나은지 심장과 머리의 균형을 어떻게 유지하는지 설명해 준다.

과거에 이런 종류의 실수를 한 적이 있다. 성급하게 판단하여 선한 사람을 나쁜 사람이라고 오해했다. (단지 안 좋은 하루를 보내는 중이었다.) 직감이 제 역할을 잘해 준다고 생각했지만 아주 강한 직감일지라도

언제나 눈앞에 펼쳐진 광경의 진실을 확신할 수 없다.

더군다나 그게 부정적인 감정이라면.

왜 조금 더 시간을 들여야만 하는지 예시를 들려주겠다. 정지 신호를 받고 멈춘 차 안에서 두 사람을 보았다. 제대로 한판 싸우는 중으로 보였는데 한 명이 상대방에게 막 소리를 질러 댔다. 화르륵 불타올라 차에서 내려 참견하기 직전, 조금 더 지켜보니 그들은 싸우는 게 아니었고 *제3자가 한 말*을 전해 주던 것뿐이었다. 가해자가 아니라 이야기꾼이었다. 끼어들지 않기를 천만다행이었다! 결의를 불태우며 차 밖으로 뛰쳐나가 무언가를 끝장내려고 했는데 그랬다면 완전 큰일 날 뻔했다. 그 순간 내 직감은 옳지 않았고 미래의 직감마저도 의심되었다. 시간을 들여 상황을 파악한 후에 사람들에 대한 판단을 내려야겠다고 깨달았다.

첫인상에서 잘못된 정보를 받을 수 있다.
무슨 뜻이냐 하면, 제대로 알아야 한단 말이다.

대학에서 내게 그랬다. 나는 불안해 죽겠는데 사람들은 그런 날 미친 사람 보듯 봤다. 직감을 따르는 것과 잠시 사람들을 지워 버리는 일은 별개다. 그저 시간이 필요하다.
사람들이 어떤 시기를 보내는지 모른다고 상정하고 나니

마음가짐이 크게 바뀌었다. 얼간이처럼 구는 사람도 뭔가를 겪어 내고 있거나, 일진이 안 좋은 날이라 그런 걸 수도 있다. 내 문제는 아니었다. (아주 드물게는 맞다.)

우정에 관한 진실 #4:
친구들을 잃을 수 있다. 사람들이 떨어져 나갈 수 있다. 모두 괜찮다.

전략적 우정(은 괜찮은가)

모든 우정이 지속되는 건 아님을 세월이 흐르면서 받아들이게 됐다. 그건 괜찮다! 생활 반경이 변하다 보니 더 이상 만나지 않게 되고 친구들과의 연락이 끊어지기도 한다. 그들을 미워해서가 아니라 살다 보면 으레 사이가 소원해지기 마련이다. 우리는 일곱 살, 열두 살, 열일곱 살, 스물다섯 살의 우리와 달라졌다. 한데 어떻게 우리의 우정이 언제까지나 똑같을 수 있을까?

예전에는 친구와 사이가 멀어지면 걱정스러운 마음이 들었다. 그녀가 기분 나빠하지 않았으면 했고 내가 나쁘다고 생각하지도 말아 주길 바랐다. 시간이 지나 생각해 보니 그건 우정에도 끝이 있다는 의미 같았다. 파트너와 헤어진다고 해서 두려움에 질리는 건 드물지 않나? 갈라선다고 "너참 못됐구나" 하지는 않는다. 관계는 다른 방향으로 진전되거나 독립하여 끝맺음을 맺기도 한다.

관계에 있어서는 헤어짐도 괜찮은데 어째서 우정은 다른 걸까.

한번 친구를 얻으면 평생 함께해야 한다고들 한다. 뭘 위해서 그래야 하지?

어떤 우정은 일시적일 수도 있단 걸 받아들이니 기분이 한결 **나았다.** 같이 일하고 같이 학교에 갔지만 끝이 다가오면 더이상 친구로 남아야 한다는 필연 같은 건 없다. 그래도 **좋다.**

오랜 시간 친구로 지낼 사이라면 알아차릴 것이다. 예전처럼 자주 얼굴을 보지는 못하지만 대화할 때 시간이 전혀흐르지 않은 듯 친밀감이 여전히 느껴지는 기분 좋은 때가있다. 평생 함께할 사이에는 그렇다.

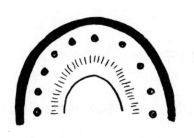

친구들과 헤어지다

하지만 모든 우정이 *계속되어서는* 안 된다. 짜증 나게 만드는 사람과는 어울리지 않아도 된다. 끔찍한 기분을 가져다주는 사람들은 삶에서 내다 버려도 **상관없다**. 그렇다고 해서 나쁜 사람이 되는 게 아니다. 학창 시절 날 쓰레기 취급하던 애들이랑 평생 엮여야 하는 줄 알았지만 그들은 지금 내 삶에 없다. 워후!

우정은 복잡하기에 친구와 다툼을 영영 해서는 안 된다고 말하는 게 아니다. 물론 해도 된다. 하지만 건전한 친구 관계에는 일반적인 수준의 기복이 있는 반면, 해로운 관계에서는 스스로가 불쾌하기까지 하다. 친구를 잃어도 된다. 괜찮다. 얼마든 더 많은 친구를 사귈 수 있을 테니까.

독이 든 우정에 연연해하지 말자.
그보다 더 나은 대접을 받자.

뱀파이어 친구

다음 페이지에 나오는 해로운 우정 판별법 마지막 단락처럼 친구가 너에 대해 아무것도 묻지 않는다면 바로 뱀파이어 친구란 증표다. **절대 필요하지 않은** 친구 유형이다. 그들을 '뱀파이어 친구'라고 부르는 이유는 그들이 네 단물을 빨아 말려 버리기 때문이다. 그들 자신과 신파극에 대해서만 떠들고 너의 생활에 대한 어떤 것도 물어보지 않는다. (아마도 너에게 무슨 일이 일어나는지 **전혀** 모를 것이다.) 그들한테 감정적인 에너지를 모두 쓴다 해도 그들은 되돌려 주지 않고 받아 가기만 한다.

우리 주위에 너무도 많은 뱀파이어 친구가 있다. 내가 아는 한 커플이 그렇고 다른 사람들에 몇이 붙어 있는 것도 보았다. 그런 사람과 어울리면 정신 건강에 해롭다. 그들은 언제나 주목받기를 원하므로 우리는 의무감을 느끼고야 만다. 자주 전화를 걸거나 문자를 보내겠지만 원하는 게 있거나 필요한 게 생길 때에만 그렇게 행동한다. 일방통행이지 우정은 결코 아니다.

뱀파이어 친구가 있는지 알아보는 좋은 방법은 스스로에게 다음과 같이 물어보면 된다: 이 사람과 시간을 보내고 나면 지치는가? (즐겁고 대단한 밤을 보내서 오는 피곤함이 아니라 너의 머리를 헤집고 속을 텅 비어 버리게 만드는 피곤함.) 맞다면 그들이 바로 뱀파이어 친구이며 이제는 떠날 차례다.

해로운 우정 판별법

> 네 감정을 무시한다

> 너에게 거짓말한다

> 주목받으려고 다른 사람 앞에서 망신을 준다

> 다른 사람을 대할 때는 성격이 완전히 바뀐다

> 그들 때문에 내가 느끼는 감정에 무지하다

> 함께 있을 때 언제나 통화 중이다

> 네가 어떻게 지내는지 절대 묻지 않는다

진짜 친구의 말 vs 가짜 친구의 말

진짜 친구: 네가 원한다면 그 일에 무조건 지원해 봐. 한번 해 봐! 잃을 게 뭐 있겠어?

가짜 친구: 음, 네가 그런 일을 할 능력이 있어?

진짜 친구: 밤에 갈게. 내가 힘이 되어 줄게.
가짜 친구: 미안한데 시간이 날지 모르겠어. 아무 일도 없다면 나중에 문자할게.

진짜 친구: 어떤 기분인지 말해 줘. 널 돕고 싶어.
가짜 친구: 네 기분이 거지 같다니 안됐네. 근데 세상에나 너 내 짜증 나는 하루 들어 볼래?

진짜 친구: 우리 모두 망치거나 실수할 수 있어. 걱정하지 마.
가짜 친구: 네가 그랬다니 믿을 수가 없네. 넌 진짜 바보 천치 구나.

진짜 친구: 지금도 앞으로도 아무한테도 말하지 않을게.
가짜 친구: 내가 하려고 한 게 아니라, 걔가 그 말을 끄집어냈어! 말하지 않을 수가 없었다고…

진짜 친구: 다음 주 생일에 뭐 하고 싶어?
가짜 친구: 네 생일이었어?

부정적인 에너지 피하기

다른 사람에 대해 끊임없이 부정적인 사람 곁에 있으면 정말 우울해진다. 특정 시기를 지나며 가슴에서 욕지기를 털어 낼 **필요**가 있는 사람 말고. 그건 양해할 만하다. 내가 말하려는 건 알지도 못하는 사람들에 대해서 부정적인 평가를 남발하는 사람들과 어울리게 되는 상황이다. 도로 위에 스쳐 간 사람을 보며 "저딴 옷을 왜 입었대?"라고 비아냥거리는 것같이. 난 그런 짓도, 그런 짓을 하는 사람 곁에 있는 것도 싫다. 그런 부정적인 에너지는 그들은 물론이고 나까지도 파멸하게 한다.

유명해지고 나서 여기에 더 민감하게 반응하게 됐다. 심사조가 늘 거슬리긴 했는데 직접 겪어 보니 더 별로였다. 나를 전혀 모르는 사람들이 남긴 부정적인 글을 읽다 보면 기분이 나쁘다. 누구를 향하든지 그 부정적인 에너지가 얹히는 대상에게는 괴롭고 아픈 일이다.

우정에 관한 진실 #5:

누군가에게 줄 수 있는 가장 큰 선물은 관심이다.

고유한 특징을 사랑한다

행복하게도 내게는 멋진 친구들이 있는데 오랫동안 그들과 친하게 지내 왔다. 삶을 통틀어 매 순간을 대단한 그들과 보냈고 그들은 각양각색의 인물들이었다.

다양한 친구들을 가져 좋은 점은 시기별과 기분별로 다른 친구들을 볼 수 있단 점이다. 모두는 특별하며 고유한 기질을 가졌는데 이는 다양한 면모로 개성에 묻어난다. 예를 들어, 재밌는 파티를 즐기길 원한다면 나는 내 친구 첼시에게 연락할 거다. (몇 년 전 내 머리를 해 주며 만났다.) 스파에서 관리받고 싶은 날에는 클레어를 부를 테다. 나를 속속들이 아는 사람과 대화하고 싶을 때는 언니를 찾겠다.

각각 다른 친구들을 가져 좋은 점이다. 각자로부터 다른 에너지를 받고 당신도 그들에게 똑같이 해 줄 수 있다. (깨닫지 못할지라도.) 작위적이지 않고 자연스러운 교감이란 그런 거다. 외향적인 친구와는 더 사교적으로 만나고 조용한 친구와는 더 신중하게 된다.

*한 친구가 너에게 필요한 **모든 것을 다** 줄 수는 없다.*

한 사람이 너를 웃게 만들고, 이별 후 상담도 해 주고, 밤

새도록 파티도 하며, 느긋하게 같이 있어 주고, 좋은 진로 조언을 해 주고, 앓는 소리를 들어 준다는 건 불가능하다! 모든 기질을 가질 필요 없다. 몇 가지만 있으면 된다. *한 사람에게 짐을 지울 수는 없는 법이다.*

그룹에서 우리가 맡은 역할

비록 일대일 관계가 좀 더 편한 건 사실이지만, 내 친구 다수는 서로를 알기에, 우리는 한데 모여 놀기도 한다. 많은 사람과 있으면 특정한 역할에 빠지기 쉽다. 무슨 한 가지 성격을 타고난 스파이스 걸즈냐고 묻겠지만 그럼에도 일어나는 일이다.

현자형: 조언에 뛰어나다. 친구들 편에 서서 조력한다.

보디가드형: 모두를 지키길 원하고 문제점을 해결하려 든다. 고전하는 친구를 걱정하고, 누군가 슬퍼하는 모습을 보지 못한다.

코미디언형: 맨날 농담을 던진다. 늘 재밌고 긍정적인 에너지를 친구들에 전파한다.

직설가형: 마음속 얘기를 정확하게 말하고 진실되다. 이중

인격과는 거리가 멀며 믿을 수 있다.

방랑가형: 낮이건 밤이건 아무 때나 불러도 나올 준비가 되어 있다. 긍정적인 에너지를 가지며 모든 것에 "응"이라고 말한다.

어미닭형: 그룹의 엄마이다! 모두를 챙겨 주고 사려 깊으며, 돌보기를 잘한다. 언제까지나 우리를 보살펴 줄 것이다.

나는 어떤 친구인가

친구들이 나를 어떤 친구로 생각하는지 알기는 쉽지 않다. 속으로 생각하는 내 모습이 다른 사람들 눈에는 다르게 보일지도 모른다. 가장 효과적이고 빠른 방법은 직접 물어보는 것이다. 날 믿어라. 좋은 친구라면 도움이 되고 사랑이 넘치는 진실한 메시지를 전달해 줄 것이다.

클레어와 첼시에게 물어보았다. 그들이 보는 나에 대해 듣는 건 즐거웠으므로(물어보긴 이상하게 느껴졌어도!) 추천하 겠다. 내가 보는 내 모습과 그들의 답변을 적어 두겠다.

나에 따르면,

그룹에서 나는 확실히 보디가드형 친구이다. 모두의 문제 점을 해결하기를 원한다. 필요로 할 때 모두의 곁을 지키고 싶다. 가수란 직업을 가지며 더 강하게 느끼게 됐는데 친구 들이 내가 변했다고 생각하지 않았으면 하는 마음에서다. 누군가 나를 필요로 할 때 가까이 살지 않는단 이유로 그 사람을 지키지 못하는 것만큼 최악은 없으리라.

비단 친구들만이 아니라 모든 이가 슬퍼하지 않았으면 좋겠다. 심지어 모르는 사람의 삶도 더 나아지게 만들고 싶 다. 나는 그렇다. 친구들을 보호하고 싶다. 함께할 때 무슨 일을 겪는지 알아낼 준비가 되어 있다. 누가 친구들에 무례 하게 군다면 "어떤 놈하고 싸워 줄까?" 하고 물을 테고 그 들이 슬퍼 보인다면…!

클레어에 따르면,

초반에 너는 속을 알 수 없는 사람이었어. 과거에 겪었던 경험들과 엿같은 인간들 때문에 그랬지. 일종의 보호막을 치고 있었어. 하지만 우리가 한번 함께한 순간, 완전 내 사람이 됐지!

넌 언제나 맹렬하게 의리를 지키고 보호하려 해. 진정성이 넘치는 네가 좋아. 털털하고 시종일관 진실되거든. 가식적인 사람들을 멀리하는 성향 덕에 네 그룹은 작지만 견고해.

우리의 관계를 무엇이라고 특정할 수는 없지만, 가족과 다름없지. 우린 함께 성장했고 우리의 우정도 변하고 자라왔지. 우리의 삶이 다른 방향으로 진행된 것처럼 말야. 멋져.

네가 풍기는 분위기가 네 부족을 홀리고 우리의 공통점이 우릴 연결시켜 줘. 우린 둘 다 솔직하고 서로에게 숨기는 게 없어. 참, 너 가라테 챔피언이기도 하잖아.

창의적이고 겸허하며, 웃기고 열정적이고 관대해. 네 성공을 일군 특징이지. 넌 멋진 인간이자 친구로 존재해.

첼시에 따르면,

어디부터 시작하지? 넌 세상에서 가장 배려심 넘치며, 착하고 웃기고 사랑스러운 사람이야. 내가 하려는 말로 날 판단하지 않으리란 걸 알아. 어떤 문제를 들고 가도 잘 들어주고 내가 극복할 수 있게 도와주겠지. 항상 날 지지해 주고, 내 뒤에서 험담할 사람도 아니지. 넌 믿을 만하고 세상 가장 넓은 마음을 지녔어. 넌 정말 재밌어! 함께 있으면 지루할 수가 없어. 또 넌 엄청 의리파야.

당신은 어떤 친구인가

_____

_____

_____

_____

_____

_____

_____

_____

_____

_____

타투와 친구들에게 배운 점

내 타투는 친구들이 손수 적어 준 가르침이 담겨 더욱 특별하다. 손글씨로 특정한 단어를 내 몸에 써 달라고 했고 타투이스트가 그대로 새겨 주었다. 단어들은 친구들이 가진 특징과 존경하는 면모를 나타낸다.

forgiveness

비니의 '용서'

최초의 시작은 이거였다. 비니는 사람들을 너무도 쉽게 용서해 줬는데 나는 우라질 나게도 앙금을 평생 간직하는 편이라서 그게 부러웠다. 몇 년 전, 문득 어쩌다가 보게 되면 무의식적으로라도 기억하지 않을까 하는 데 생각이 미쳐 그에게 '용서'란 단어를 어깨에 써 달라고 부탁한 후 몸에 새겼다. '내 몸에 적어 둔다면 배우는 게 있을 거야'라는 기대였다.

비니의 단어를 새기니 다른 사람들에 배운 점도 적어야지 싶었다. 현재 내 온몸은 친한 사람들이 써 준 글귀로 가득하다. (직접 쓴 말은 "겁먹지 마.") 아래는 다른 타투와 그것들을 가지게 된 이유다.

Confidence

클레어의 '자신감'

어떤 상황에서도 클레어는 자신만만한 여성이다. 지적인 그녀는 어떤 옳은 소리를 해야 할지 알고 있고, 당황하지 않는다. 자신의 분야에 당당히 이름을 올리게 한 그 '자신감'을 본받고 싶다. 내게 많은 걸 가르쳐 주었다.

go to sleep

재즈의 '자러 가라'

내 매니저 재즈는 꼬박꼬박 "자러 가라"고 내뱉는다. 손에 그 문구를 앞뒤로 바꾸어 썼는데 양치를 하며 거울을 볼 때 제대로 읽기 위해서였다. 그녀는 박학다식하며 정신 건강이 조화롭다. 내게 많은 배움을 주었고 모두의 감정을 잘 알고 있다.

HONESTY

브리짓의 '정직함'

브리짓은 그녀가 믿는 바를 위해서라면 어떤 결과가 일어나든 진실을 말하거나 일어서기를 주저하지 않는다. 배울 점이 많았다. 내 마음에 들지 않을 때 "당장 집어치워"라고 말할 사람이라서 그녀가 너무 좋다.

Trust Think Twice

케시의 '신뢰'와 '두 번 생각하라'

케시는 루디멘탈의 일원인데 나는 그와 오랫동안 알고 지냈다. 남자를 믿지 못했던 과거와 관련 지어 '신뢰'가 나왔다. '두 번 생각하라'는 직감을 넘어서라고 상기시켜 준다. 나는 대개 즉각적이고 비논리적으로 생각하곤 한다. 그러나 케시는 동의 여부를 떠나서 일의 반대 면을 제시할 줄 안다. 말다툼하려는 게 아니라 당장은 그렇게 생각할지 모르겠지만 결정하기 전에 잠시 생각해 보란 뜻에서다.

Why not?

니콜라의 '왜 안 돼'

니콜라는 언제나 뭔가를 하고 있다. 모타운 쇼를 보고 난 후 그녀가 나와 클레어한테 다가와서 그룹에 참여할 수 있냐고 물었다. 그녀는 머릿속에 든 생각을 행동에 옮겨야 하는 성격이다. 즉흥적이고 현재를 즐긴다. 내가 은둔자가 되려 하자 나를 세상으로 끄집어냈다. 당장에라도 그녀에게 "오늘 우리 뭐할까?"라고 메시지를 보낼 수 있다. 이 타투를 보면 자발성의 중요성을 깨닫는다.

Love
샘의 '사랑'

한 마디로 요약하면 샘은 사랑이다. 난 언니를 생각할 때마다 넘치는 사랑을 느낀다. 그건 다른 사람에게 느끼는 감정과는 다르다. 그녀 자신도 모두에게 많은 사랑을 주는데 그게 참 좋다.

Speak your Mind
도나의 '네 생각을 말해라'

도나는 클레어를 통해 알게 된 사이였고 정말 솔직한 그녀를 단숨에 좋아하게 됐다. 여기서 첫 앨범 곡명에 대한 아이디어를 얻었다. 앨범 촬영 중 사진작가가 내 팔에 새겨진 그녀의 단어를 확대해서 찍었다. 우린 그걸 보고 "앨범의 제목으로 딱이야"라고 말했다. 도나는 거리낌 없이 그녀의 생각을 누ー구ー에ー게ー나 말한다. 무엇도 신경 쓰지 않고 그녀가 원하는 때에 원하는 것을 한다. 그녀 자신만의 신념에 따라 산다는 점이 멋지다.

BREAK THE RULES
대자, 세바스찬의 '규칙을 부수다'

그는 규칙을 깨부수고 어기는 걸 좋아하는 멋진 꼬마 인간이다. 그런 점이 나랑 조금 닮았다. 난 하라는 대로 움직이지 않는데 왜냐면 '대관절 누가 그 규칙을 만들었는데?'라는 생각에서다. '소파는 앉으라고 만들어졌다'지만 거기에 앉지 않을 거라고 고집을 피운다. '난 바닥에 앉을 거라고!' 늘 이런 식이다. 자기 방식대로 일해야 함을 상기시킨다.

Family is everything ♡

엄마의 '가족이 전부다'

엄마는 가족들에 매우 헌신적이다. 이때까지도 치매와 알츠하이머병을 가진 할아버지를 돌보려고 계속 일하신다. 그녀는 희생적이고 관대하다. 그녀는 가족은 중요하며 할 수 있는 한 서로 연락하며 지내야 함을 떠올리게 한다.

Don't Get a tattoo

아빠의 '타투 새기지 마라'

조금 웃긴 타투다. 아빠는 절대 내가 피어싱을 하거나 타투를 새기지 않길 바랐다. 그런데 본인은 피어싱과 타투를 했다. 사실 시작은 언니가 먼저 했다. 그러니까 내가 아빠에게 어떻게 아직도 그 소리를 하냔 말이 나온다. 내 타투는 패션 아이템으로서가 아니라 감정에 관한 것들이라 그가 승낙하리라 생각했다. '타투 새기지 마라'라는 타투를 새기니 아빠는 웃고 말았다.

우정에 관한 진실 #6:

선천적으로 착해야 좋은 친구가 된다.

어떻게 좋은 친구가 될까

모든 날에 완벽한 친구는 있을 수 없다. 의도하지 않아도 때때로 개떡 같은 사건들이 일어난다. 그래서 가끔은 친구들을 이해하고 넘어가듯 자신에게도 그럴 필요가 있다.

우리는 인간이라서 실수를 저지르곤 한다.

물론 나도 내가 저지르는 실수에 죄책감을 느낀다. 때로는 친구들을 충분히 살피지 못하기도 했다. 하지만 내 의도는 언제나 선했다. 그렇기에 친구들을 생각하고 살피는 데 최선을 다한다면 잘하고 있는 거다.

중요한 건 선한 품성이다. 도덕심을 가진 정신이 바른 착한 사람이 되라. 그럼 당신은 어느새 좋은 친구가 될 것이다.

좋은 친구들은 숨 쉬는 것만큼이나 당연하게 느껴진다.

그런 사람들을 아직 찾지 못했더라도 걱정하지 마라. 조금 시간이 필요하다. 마침내 당신의 사람들을 얻고 제자리를 찾았다고 느낄 거다. 그런 일이 자연스레 벌어지게 기다려라. 그저 당신 자신에게 집중하자.

내가 생각하기에 사랑은 내 모든 문제의 답이다.

배신, 해로운 남자애들,
그리고 진정한 관계를 만드는 것

자라면서 들어온 관계의 시작과 끝은 이랬다. 남자와 여자가 만나요. 그들은 사랑에 빠지죠. 결혼을 하고 그 후로도 행복하게 산답니다. (덤으로 뮤지컬 곡 하나가 끼워지기도 하고.) 맞지? 아니라고? 내가 봐 온 모든 로맨틱 코미디 영화와 뮤지컬에서는 그랬다. 그래서인지 그런 일이 내게도 벌어질 줄 알았다. 멍청이 같으니라고.

순 거짓말은 아니었던 게,

*나는 확실히 영화와 방송에 보이는 모습들에 기초하여
관계를 정의했다.*

내가 좋아하는 영화인 〈노트북〉과 디즈니사의 〈신데렐

라〉, 〈백설공주〉, 〈인어공주〉는 환상적이었지만 관계가 어떻게 형성되는지에 관해서는 철저히 비현실적인 기대를 심어 주었다. 완벽한 순간들, 아름다운 사람들, 이상적인 러브 스토리⋯ 나는 그 모든 게 갖고 싶어 도저히 참을 수가 없었다. 그거뿐이었게? 엄마와 아빠는 열네 살 때부터 사귀기 시작했던지라 마땅히 나도 같은 경험을 할 줄로만 알았다.

나는 커 가면서 관계는 이런 모습—인생의 사랑을 학교에서 만나며 막이 내린다(엔딩 크레딧 음악 큐!)—일 거라고 잘못 그려 왔다. 웬걸, 일은 뜻대로 풀리지 않았고 장밋빛 사고방식도 크게 도움이 되지 않았다.

처음으로 남자를 경험하다

제대로 된 연애를 해 본 건 아마 9학년 때 제이미가 처음이었다. (얼마나 안 좋게 끝났는지 이쯤되면 모두 알겠지.) 사랑에 빠졌다거나 비슷한 종류의 뭘 했던 건 아니었다. 그 아이가 흥미로웠고 우리가 다르게 자라 온 환경에 관심이 갔다. 내가 그때까지 알던 사람과 전혀 달라서 좋았다.

나는 이 연애를 모든 연애의 기준점으로 삼았다. 근데 그 기준이 빌어먹게도 낮았다. 한 줌의 자신감도 없이 헤어졌

거든. 그렇게 학교에서 평생을 함께할 반려자를 만나겠다
는 꿈은 떠나 버렸다.

새 연애, 헌 기대

대학교에서 대니얼을 만나 홀딱 반했다. 그는 재밌었고 나
를 많이 웃게 했다. 신선했다. 연애의 긍정적인 면도 알게 됐
다. 즐거운 시간을 함께 보냈지만, 그는 약간 개자식이었다.

바람을 피웠고 나에게 늘 소홀했다.
참는다고 될 일이 아니었지만 참으려 했다.

관계란 그런 건 줄 알았기 때문이었다.

내 기억에 열일곱 살 무렵, 나는 집에서 그가 데리러 오기
만을 기다리고 있었다. 잘 차려입고, 데이트할 모든 준비를
마치고 앉아 있었다. 부모님께는 그가 오는 중이라고 말씀
드렸지만 끝내 그는 나타나지 않았다. 전화를 받지도 않았
고 메시지에 답장을 보내지도 않았다. 오고 있는지조차도
말하지 않았다. 그는 그냥 오지 않았다. 굴욕적인 기분이었
다. 하지만 당시 나는 감정의 문을 닫은 상태여서, 얼마나

속상했는지 솔직할 수 없었다. 그가 정말 오는 거냐는 엄마의 물음에 나는 계획을 바꿨다고 거짓말하고 괜찮은 척했다. 누가 내 다친 마음을 보는 게 싫었다. 베개를 끌어안고 방에서 조용히 울었다. 그때도 그리고 지금도 여전히 난 예민한 사람이다.

날 향한 그의 태도에 불안했다. 그래도 결국엔 그와 결혼할 거란 희망에 여전히 함께했다. 대학교 2학년 때 결국 헤어지고 말았다. 그가 바람피우는 걸 발견했고 날 심하게 대해서 내가 끝내 버렸다. 그놈은 먼저 헤어지자고 할 불알조차 없었다.

길을 잃은 느낌과 심한 대접을 견디다

그 후 나는 조금 폭주했다. 거칠었고 뭘 하고 싶은지도 모르는 상태로 길을 헤매었다. 대학을 졸업하고 나서 직업이 없던 그 시절은 정말 암담했지.

나를 아끼지 않았고 남들에게 뭘 기대하지도 않았다.

그때 왜 얼간이들만 만났는지 놀랍지도 않네.

남녀 관계에서 안 좋은 점만 예상했다. 모든 남자애들이 이럴 것이라고 부정적으로 생각했다. '남자애들은 함부로 행동해도 괜찮고, 여자애들은 참아야 한다'는 개념이 지극히 정상으로 느껴졌다. 그런 생각은 옳은 게 아니었다. 더하여 모든 남자애들이 그렇다는 게, 우리가 그 정도 가치밖에 없는 사람이라는 것 또한 아니었다. 하지만 나는 관계를 유지하기 위해선 그래야 한다고 여겼다. 그들이 원한다면 어떤 것일지라도 주고 평생 곁에 남을 수 있었다. 그들이 나를 위해 무언가를 해 준다거나 충실하다거나 지지하고 옹호해 주는 것에 관한 문제가 아니었다. 나는 누구와도 관계가 깊어질 수 없었고 내 자신에게 나은 모습을 기대할 수도 없었다. 엉망진창이었지.

완전무결한 연인에서 지배적인 바람둥이로

몇 년 후 나는 첫사랑에 빠지게 된다. 장기자랑 경연에 나가던 그때 매튜를 만났다. 전에 말했듯이 클레어 덕분에 잊을 수 있었던 그 남자애다. 그는 밴드의 재능 있고 영리한 드러머였다. 동런던에서 왔는데 내가 알던 세계와 전혀 다르게 느껴졌다. (단 몇 마일 떨어진 곳이다.) 또다시 나는 우리의 차이점에 이끌렸다. 그는 역사, 정치, 지질 등 내가 모르는 분야를 많이 가르쳐 줬다. 진짜 심취했다.

꽤 오랫동안 우리의 관계는 완벽해 보였다. 우리는 사랑에 불타올랐고 떨어지고 싶지 않아 했다. 그가 나를 원한다는 느낌은 매우 색달랐다. '이거다. 이 사람이 내가 결혼하고 싶은 남자다.'

얼마 지나지 않아 상황이 이상하게 흘러가기 시작했다. 조금씩 그는 립스틱을 바른다거나 하는 일로 나를 비난하고 내가 옷 입는 방식을 바꾸려고 했다. 내가 친구들과 웃고 농담을 던지자 잠시 후 "방금 너는 누구였던 거야?"라고 말했다. 친구들과 있을 때 내가 떠들고 까부는 걸 견딜 수 없어 했다. 실상 그는 내가 어떤 사람인지 전혀 알지 못했다. 그는 내가 다른 사람이길 바랐다.

하지만 그를 너무나 사랑했기에 상황을 똑바로 볼 수 없었다. 그의 곁에서 난 변하기를 택했다.

다르게 행동했다. 그가 원하는 건 뭐든지 주었다. 그가 입으라는 대로 입고 들으라는 대로 들었다. 지나고 나서 돌이켜보니 상황이 어떻게 돌아갔는지 알았다. 난 그를 행복하게 하기 위해서라면 무슨 일이든 할 수 있었던 거다.

힘이 되는 파트너가 절대로 하지 않을 말

"정말 그걸 먹을 건 아니지?"

"화장 안 하니까 더 낫다. 화장하지 마."

"난 네 긴 머리가 더 좋아. 여성스러워."

"그걸 입고 나간다고? 정말?"

"내 전 애인은…"

"그럼 저녁은 어떤 걸 차려 줄 거야?"

배신, 여전히 덫에 갇히다

어느 날 밤 그가 공연을 마쳤을 때 한 여자애가 눈에 띄었다. 그 후로 어딜 가나 그 여자가 보였다. 즉각 의심이 싹텄다. 또다시 직감을 느꼈다. 하지만 그는 그냥 흔히 보이는 여자애라고 맹세하는 게 아닌가. 확신할 수 없었다. 그주 후반 저녁을 먹으러 간 김에 방에서 혼자 그의 노트북속 이메일에 접속했다. (너도 알잖아. 나 탐정 꿈나무인 거.)

"보고 싶어. 언제 말할 수 있어?"라는 여자애의 메시지가보였다. 심장이 덜컥 내려앉았다. '미친, 뭐라고?' MSN에 들어가서 '대화저장' 버튼을 클릭했다. 로그아웃하고 나면 대화 내용을 문서 형식으로 저장해 주는 기능을 알았거든. 그에게 따져야지. 그가 만일 MSN에 들어가서 여자애랑 말을하면 증거를 확보하는 셈이었다. 그러고 나서 직접 그를 대면했다. 그가 주장하기를 정말 결백한 우정이란다. 그녀의부모님이 이혼 위기에 놓여 그가 단지 위로를 건넸을 뿐이라 말했다. (그렇게 쉽고 빠르게 거짓말을 지어내다니 좀 무섭다.)어쨌든 난 그를 믿는다고 말했고 내가 자고 일어나면 내 앞에서 그녀에게 전화를 걸어 둘 사이의 분위기가 어땠는지확인시켜 달라고 했다. 그는 동의했고 나는 이내 잠들었다.내 계획을 펼칠 타이밍을 기다렸다.

조금 자고 일어나 아래층으로 내려갔다. 그는 피파FIFA 게임을 하던 중이었는데 나는 노트북을 손에 쥐고 다른 쪽 소파에 앉았다. 빰빠람. 성공했다. 여자애에게 보낸 메시지가 보였다. 내가 그들의 메시지를 읽었고 곧 전화가 갈 테니 나에게 둘 사이는 아무것도 아니라는 가짜 대답을 준비하라는 내용이었다. 하물며 메시지 말미에는 "이런 일을 겪게 해서 미안해. 사랑해"라고 적었다. 믿어지지 않았다. 내가 이걸 읽는 동안 그는 겨우 몇 걸음 떨어진 곳에서 피파 게임을 하고 있었다.

나는 분노로 떨었다. 말다툼을 했고 제정신이 아니었다. 둘 다 진정되고 나서야 대화가 시작됐다. 내가 말했다. "물론 우리 사이는 끝났어. 널 더는 볼 자신이 없네." 그러자 그가 가슴 아픈 표정으로 "널 잃을 수 없어. 다시는 그 여자애랑 말하지 않을게"라고 약속했다.

믿을 수 없는 건 이 일이 있은 후에도 **우리가 함께했다는 거다.** 미친 소리처럼 들리겠지만 내 나름대로 좋은 핑곗거리가 있었다. 첫째로 만나는 사람과 평생토록 함께해야 한다는 발상이다. 둘째로는 내 자존감이 **너무도** 낮아서 그와 어울리는 게 낫다고 생각했다. 모두가 바람피운다면 차라리 한 사람하고만 지내면 그 사람의 잘못들만 견디면 되는 거잖아. 세 번째는 뭐냐고? 내가 그를 바꿀 수 있길 바랐다. 나의 잣대로 사람들을 평가해선 안 된다는 걸 그땐 몰랐다.

그를 놔줬어야 했는데 그러지 못했다.

나는 혼자가 되는 게 더 안 좋을 거라고 생각했는데,
내가 틀렸다.

관계를 질질 이어 가는 사이 그는 대학에 들어갔고 나는 정기적으로 그를 보러 갔다. 점차 그는 다른 사람이 되어 갔다. 그에겐 새로운 친구들이 생겼고 나는 '이건 내가 아냐. 여기에 내 자리는 없어'라고 생각했다. 그래도 노력하긴 했다. 그들처럼 입고 그들처럼 말하고 그들과 같은 음악을 들으려고 했다. 하지만 그가 원하는 이상향에 가까워질수록 그는 더 고약해졌다. 날 진심으로 싫어하는 것 같았다.

깜짝 이벤트로 그의 집 앞까지 운전해서 갔을 때는 바야

흐로 절정이었다. 그는 문 앞 계단에 서서 내게 돌아가라고, 집에 가라고 말했다. 나를 들여보내 주려 하지 않았다. 그곳에서 그는 나를 필요로 하지 않았다. 지금 생각해 보면 누가 거기 있었나 보다. 우웩. 나는 찌질하게 생각했다. '내게 무슨 문제가 있나? 나 잘못한 거 없는데? 모든 사람이 나에게 나쁘게 굴어. 내가 문제임이 틀림없어.'

실연을 딛고 일어서다

마침내 세월만 잡아먹던 해로운 연애는 끝이 났다. 그런데 전혀 기쁘지 않았고 오히려 완전 개똥같이 느껴졌다. 그 사건 직후 나는 클레어 집으로 차를 몰고 갔다. 그녀가 말했다. "넌 이 집을 나갈 수 없어. 내가 못 나가게 할 거야. 넌 거기로 다시 돌아가지 않을 거야." 몇 달 동안 나는 모든 울음을 내보내고 치유되었다. 여전히 그로부터 헤어나올 수 없어서 모든 소셜 미디어에서 그를 차단하고 그의 번호를 지우기까지 해야 했다. 시간이 지남에 따라 서서히 내 모습으로 돌아왔다. 정확히는 클레어가 나를 치유했다고 볼 수 있다.

마지막으로 한 번 더 그를 만나기는 했다. 그리고 아주 통쾌한 '꺼져 버려' 시간을 가졌다. 그가 대학에서 돌아오고 나와 연락이 닿자 나를 진심으로 다시 보고 싶다고 말했다. 잘하는 행동일까 걱정했지만 동의하고 그를 만나러 갔다. 오랜 시간이 흐른 뒤 만난 그의 모습은 충격적이었다. 전혀 다른 관점에서 그를 볼 수 있었다. 갑자기 그가 아주 못생겨 보였다. 그의 눈, 코, 입 모든 게 달리 보였는데 달라진 건 그가 아닌 나였다.

그는 다시 합치길 원했지만 나는 그가 더 이상 필요하지 않았다. 그 순간 깨달았다. '어디서 말도 안 되는 말을 지껄여. 난 이미 널 잊었다고.' 그래서 "필요 없어, 안녕"이라 말한 후 그를 집에 내려 주고 떠났다. 짜릿했다.

마음 아플 때… 널 치유하는 이별 노래

Erykah Badu—Tyrone

Cardi B—Be Careful

Lauryn Hill—Nothing Even Matters

Alicia Keys—A Woman's Worth

Kelly Rowland feat. Beyonce&Michelle—You Changed

Ray BLK—Lovesick

UPSAHL—Douchebag

Avelino—FYO

Frankee—F.U.R.B

여자친구로서의 나

내가 스무 살이 될 때까지 겪은 많은 드라마틱한 사건들을 보면 나는 좋은 연애 경험이 없다. 함부로 대해지고 배신당한 경험들로 인해 불안정했고, 여자친구로서 어울리는 행동인지 내 외양을 어떻게 느끼는지를 판단했다. 나는 정말

구질구질하고 질투심이 많았다. 연인이 다른 여자들을 보는 걸 견딜 수 없어 했고 나에게 더 관심을 가져 주길 요구했다. 그들의 관심을 그다지도 갈망했고 나에게 괜찮다고 말해 주길 바랐다. 사랑과 인정이 고팠다.

성가시게 행동한 것은 둘째로 하고(지금도 그렇지만), 나의 이런 태도는 어두운 내면에서 나왔다.

사람들과 붙어 있어야 한다고, 또 그보다 더 나은
사람들과는 친해질 수 없을 거라고 부정적으로 생각했다.

내가 더 나은 대접을 받을 가치가 있다고 여기지 않았다. 내가 원하는 것과 다르게 그들이 원하는 대로 해야만 한다고 생각했다. 엉망이고 건전하지 못했다.

치료사에게 내가 관계에서 어떤 위치인지 이야기했더니 그걸 '실험실 개' 역할이라고 표현했다. '실험실 개'는 떠나는 사람을 붙잡기 위해 그들이 원하는 대로 움직이고 그들을 흡족하게 하려고 애쓴다. 그녀가 옳았다. 나는 *내*가 바라는 게 무엇인지 생각해 본 적이 없었다. 나는 부차적인 문제였고 다른 사람들이 행복하기만을 바랐다. '너희들이 원하는 사람이 될게. 날 떠나지 말아 줘.'

하지만 그 마음가짐은 잘못됐고 나 자신을 더 힘들게 하는 일이었다. 문제를 해결하지도 못했다. 다른 곳에서는 그렇지 않았다. 나를 아는 이들한테 나는 자유로운 영혼이었고 씩씩했으며 행복한 사람이었다. 나는 세계를 무대로 투어했고 수천 명의 사람들 앞에서 노래를 불렀다. 하지만 관계 속의 나는 전혀 다른 사람이었다. 등신이었다.

음악을 통해 이겨 내다

솔직히 말해 애정 관계를 음악으로 풀어내는 이유는 그게 작곡할 때 가장 쉽기 때문이다. 커리어 초반에는 내가 경험하지 못한 다른 것들에 대한 가사를 적는 데 시간이 무척 오래 걸렸다. 한참이나 자리에 앉아서 '뭘 적지? 말하고 싶은 게 떠오르지 않아'라는 생각만 되풀이했다. 그 당시엔 나답지 않게 완전 헛소리들을 썼다. 따라 만들어진 노래들도 조악했다.

누군가 치유 모임에서 물었다. "최근에 안 좋은 관계에 있으셨나요? 그때 어떠셨나요?" 긴장하며 답했지만 이내 우린 내가 겪어 온 일들에 대해 대화를 나눴다. 그냥 말이 툭 튀어나오더라. 너무 쉬웠고 기분도 좋았다. 그전까진 한 번도 내 경험을 다른 사람들에게 말한 적이 없었다.

내 가사가 얼마나 실체적 진실에 가까운지
늘 체감하지 못했다.

곡을 쓸 때면 나와는 먼 이야기 같았다. 녹음을 하고 몇 주쯤 혹은 몇 달쯤 지나서 노래를 들어 보며 '환장하겠네. 바로 내가 겪었던 그 상황이잖아' 하고 생각했다. 작업할 땐 무엇을 끄집어내는지 깨닫지 못하고 한참이 지나 다시 듣는 순간에야 휘몰아치듯 느껴지는 게 있었다.

솔직해질수록 쓰기는 수월했다. 내 음악은 사실이었다. 꾸밈이 없었고 자연스러웠다. 직접 겪어 봐서 알 수 있었다. 곧 이 일은 내 '것'이 되었다. 나와 내 삶, 내 음악은 꽁꽁 묶였다. 내가 걸어온 길을 다른 이들도 걸을 수 있다는 생각에 의도적으로 내가 느낀 감정들을 말해야겠다고 마음먹었는데 아주 괜찮은 생각이었다.

가사를 쓰며 만족하는 지점도 있다. 내가 유명해지면서 내 전 남자친구들이 라디오에서 노래를 들었을 때 그들에 관해 쓴 건지 알까 살짝 궁금해졌다. 진실을 알 순 없지만. (만약 걔들이 그렇게 느꼈다면… 캬캬캬.)

노래의 비하인드 스토리

Ciao Adios: 전 남자친구 매튜 이야기다. 작별을 고하는 건 힘들다. 하지만 그날 차 안에서 난 용기를 내 그에게 꺼지라고 말했다. '안녕이란 말을 한 곡에서 얼마나 많이 말할 수 있을까?'에서 아이디어를 얻어 다른 나라 말로 써 보았다! 최대한 많이 안녕이라고 말하고 싶었다.

Alarm: 여자친구를 버리고 나한테 왔던 녀석이 있다. 걔랑 지내는 동안 내내 나에게 똑같이 행동할까 봐 걱정했었다. 업보가 돌고 돌아 '오, 제기랄. 나한테도 일어나고 있어'라고 느낀 감정에 관한 노래. 그가 그녀에게 그러했듯이 나한테도 마찬가지여서 '전 여자친구한테서 그를 훔쳤다'라는 노랫말이 탄생했다.

Some People: 나랑 사귀는 사이면서 싱글인 척한 전 남자친구와 헤어진 내용이다. 나와 사귀는 내내 그는 다른 여자와도 함께했다. 때때로 우리는 내가 사랑하는 만큼 사랑받지 못하고 받아야 할 만큼 대접받지 못한다.

작곡을 하면 억지로라도 *무언가*에 대해 계속 말하게 되어 큰 도움이 되었다. 처음엔 몰랐다. 그냥 머릿속에서 떠오르는 아무것도 아닌 말들을 하는 거였거든. 테라피를 통해 작곡을 하며 감정을 정리하고 상황을 이겨 냈단 걸 깨달았다. 이제는 그것이 얼마나 큰 힘이 되는지 잘 알고 있다.

감정을 정리하기 위해 꼭 가사를 써야 하는 건 아니다. 머릿속에서 감정을 꺼내는 어떤 방식도 좋다. 언니는 일기를 쓴다. 다 털어 내는 데 도움이 된다고 했다. 비디오를 보거나 그림 그리기, 글 적기 어떤 거라도 해 봐라. 갇힌 생각을 풀어 다른 곳에 옮겨 보자. 속에서 감정들이 곪도록 방치하지 말고 넘어서자.

좋은 관계란

최근 음반 작업을 하다가 지금 내가 누구를 만나는지 깨닫는 순간이 왔다. 녹음실에서 다른 작사가들과 이야기를 나누다 더 이상 필요로 하지 않는 사람과 함께하는 느낌에 관해 쓰고 싶다고 했다. 그 사람이 필요한 게 아닌 그저 원하기에 함께한다는 감정을 여태껏 느껴 본 적이 없었기 때문에 걱정스러웠다. 북돋아 주고 나아갈 힘을 주는 사람이 필요했는데 이제 나는 스스로의 힘으로도 충분했고, 단지 내 삶 속에 그 사람이 존재하기만을 원했다. 마음가짐이 긍정적으로 바뀌었다.

노래가 완성되고 생각했다. '오 마이 갓, 말해야 할까? 더는 네가 필요 없다고?' 정직하게 말하기가 겁났다. 몇 년 전에 누가 내게 그렇게 말했다면 난 죽었을지도 모른다. 아무튼 그에게 노래를 들려 주면서 더 이상 네가 필요하지 않고 널 원할 뿐이라고 설명했다. 그는 "좋네, 원래 그런 거야"라고 대답하며 나의 깨달음에 뿌듯해했다. 그가 허세와 불안으로 가득 찬 인간이 아니라서 다행이었다. 내가 기뻐하니 그도 기뻐했다.

우리의 관계는 변화되고 발전해 나갔다. 난 애정에 굶주리고 걱정이 많은 실험실 개 같은 유형의 사람이었다. 솔직히 그가 사랑에 빠졌던 때의 사람과 다른 모습이 된 나와 함께하고 싶어 하지 않을까 봐 걱정됐다. 하지만 그는 새롭게—찾은—내 모습 덕에 우리의 관계를 포함해 상황이 더 나아졌다고 안심시켜 줬다. 나는 확신에 차 나를 행복하게 하는 일을 한다. 예를 들어, 집에서 밤에 무엇을 할지에 대해 얘기할 때 과거의 나는 "네가 하고 싶은 대로"라고 말했다. 이제 나는 내가 원하는 걸 말한다. 그래도 괜찮은 거다.

우리는 동등한 위치에서 관계를 이어 간다.
계속 소통하고 설명하고 우리가 느끼는 감정을 공유한다.

참되고 실제적인 관계.

이런 좋은 관계를 만드는 게 무엇인지 배웠다. 가장 중요한 건 연인이 너의 반쪽이 아니란 사실이다. 반푼이도 아니고 누가 나머지 반을 채워야만 온전해지지도 않는다.

다른 반쪽은 없어도 된다.
당신은 존재만으로도 온전한 사람이다.

좋은 연인은 보털 뿐이다. 그전까지 내가 느끼고 생각했던 것과 다른 **엄청난** 전환점이었다.

사랑에 관한 명문장

> 말보다 행동을 믿어라.

> 되풀이하는 잘못은 우연이 아니다.

> 전적이 있다 해서 물고 늘어져서는 안 된다.

> 내가 가장 나쁜 시기에 나에게 만족하지 못한다면 가장 좋은 시기에 날 가질 수 없다.

> 좋은 대접을 받길 바라는 건 이기적인 게 아니다.

> 좋은 대접을 받고 싶어하면, 좋은 대접을 받게 될 것이다.

내가 결정할 수 있다고 느꼈을 때

스물다섯 살 무렵 관계의 역학에 대한 생각을 바꿔 놓은 계기가 있었다. 몇 명의 친구와 왜 대체로 사람들이 거짓말을 하는지에 관해 얘기를 나누고 있었다. 알다시피 난 거짓말쟁이들을 *증오한다.* 한 남자애가 말했다. "남자애들은 맨날 거짓말해. 근데 그 거짓말을 믿느냐 안 믿느냐는 개 연인에게 달렸어."

그런 관점에서 본 적이 없었기에 정신이 멍해졌다. 스스로
가 미운, 심각한 애정 결핍을 느끼는 날에 누가 나한테 거짓
말을 하면 '널 믿어. 그냥 넘어가자'고 되뇌던 때가 있었다.
(매튜와 그랬었지.) 반면에 내가 자신감에 차 있고 스스로를
사랑하는 날에 똑같은 거짓말을 듣는다면 '꺼져, 이 거짓말
쟁이 등신아'라고 대답할 테다.

관점을 달리하자 내가 함께하는 사람을 바꿀 수 없단 걸
인정했다. 그가 거짓말쟁이라면 계속 거짓말쟁이인 것이다.
그와 그가 날 대하는 태도를 받아들이냐의 문제와 나만의
기준을 세우는 일은 오롯이 내게 달려 있었다. 그래야 스스
로가 기분 좋게 느낄 수 있었다.

깨달은 점: 지금껏 문제는 내가 아니었다.
그냥 걔들이 개차반이었다.

열일곱 살. 남자애들로부터 온갖 개소리를 견뎌 내야 했
던 나이. 관계에 대해 그런 관점이 가능하리라고 짐작조차
못 했다. 나쁜 놈이 나쁜 짓을 한 거라고, 그 나쁜 놈에게
꺼지라고 말할 수 있다는 걸 몰랐다.

왜 더 나은 대접을 받을 가치가 있는가

건전하지 못한 관계라도 벗어나기란 쉽지 않다. 나도 겪어 봤다. 난 그들에게 과분했지만 바른 대접을 받지 못했다. 그래서 사람들이 그런 처지에서 나오는 데 시간이 걸린다는 걸 이해한다. 한창때는 하기 어렵다.

해로운 관계에서 벗어나기는 불가능하게 느껴지기도 한다. 특히 그 사람을 사랑한다면. (사랑하지 않는다 해도.)

사랑에 관한 좋은 문장을 읽었다. '놓기에는 가슴 아프지만 사랑하기엔 더 아프다.' 매튜와 내가 그랬다. 이미 그와 함께하면서 괴로웠는데, 그를 떠난다면 수억 배 더 힘들 것 같았다. 그래서 그의 곁에 머물렀다. 앞으로 나아가기란 힘든 일지만 할 수 있는 일이다.

과거에 거지 같은 교제를 했거나 하는 중이라도 자책하지 마라. (제스 글린이 불렀잖아. 나만 들은 거 아니지?)* 곧바로 빠져나올 수 없는 나를 용서하자. 현실적으로 구는 거다. 나도 내 가치를 깨닫는 데 오래 걸렸다. 핀터레스트에서 감동적인 문장을 몇 개 읽었다고 '마음을 다잡았어. 관계를 깨끗이

---

* 제스 글린은 〈자책하지 마(Don't be so hard)〉라는 노래를 불렀다.—옮긴이주

정리했지'라고 할 수 없었다. 연인으로서 어떻게 대우받아야 하는지 이해한 후 마주한 다른 문제들을 모두 해결하는 데 긴 세월을 소모했다.

내 경우엔 삶이 얼마나 짧은지에 대해 알게 되니 안목이 갖춰지더라. 생각해 보면 세상에 있을 날이 기껏해야 팔십 혹은 구십 년 이상의 시간밖에 남지 않았다. 그러다가 '왜 이 기분을 느끼면서까지 이 관계에 시간을 낭비해야 하는 걸까?'라는 생각이 들었다. 슬퍼하며 '그게 끝이야?'란 의문도 가지게 되고. 짧은 생의 얼마나 많은 부분을 나쁜 관계가 차지하는지 알게 되자 다시 한번 생각하게 되었다. 삶은 소중하다.

미혼이어도 괜찮다. 이혼했어도 괜찮다. 떠나도 괜찮다. 결혼해도 괜찮다. 결혼하지 않아도 괜찮다. 아이를 가져도, 가지지 않아도 괜찮다.

괜찮지 않은 건 널 소중히 여기지 않고
존중하지 않는 관계에 머무는 것이다.

구린 관계에 놓인 친구를 구하는 법

나쁜 처지에 놓인 게 다른 사람일 수 있다. 그 나름대로 힘든 점이 있다. 형편없는 연인을 상대하기 위해 도움을 구하는 사람에게 진심 어린 조언을 해 줬을 때 악몽과 같은 상황이 펼쳐진다. (그들의 연인에 대해 나쁘게 말하고 그들을 패배자라고 불렀을 때.) 결국 그들은 다시 합칠 테고, 나중에 연애에 대해서 당신에게 한마디도 않겠다고 생각한다. 아이고.

그런 일은 일어난다. 하는 짓에 **진짜로** 화내지 않고(나는 그랬었다) 외교적으로 시도해 볼 만한 방법들을 알게 됐다. 힘들지만 해 볼 만하다. 자, 보자.

1 관계 초반에 조언을 구하는 거라면, 한숨 돌리자. 그들은 아직까지 관계에 열중된 상태가 아니므로 그들이 하는 말에 **더 진솔하게** 반응해도 괜찮다.

2 관계가 자리 잡고 나서 조언을 구하는 거라면, 속히 말하지 말고 **듣기만 하자**. 네 생각을 때려 박지 말고 질문을 던지고, 연인의 행동에 대한 그들의 생각을 물어라.

3 당신의 조언을 물어보지 않았다면, **신중히 디딜 땅을 고르자.** 다시 한번 말하지만, 당신의 의견을 들이밀지 말자. (아무리 스스로 옳다고 여겨져도.) 친구가 각오가 되어 있다면 상황에 관해 얘기 나눌 것을 청하고, 그들이 변하고자 한다면 상황을 조금 더 돌아보라고 격려하자. 당신과 당신의 생각은 치워 두고!

힘들지만, 친구 스스로가 문제를 해결하도록 놓아두어야 한다. 나도 같았다. 치료와 작곡을 통해야만 얼마나 관계가 썩어 가고 있는지를 깨닫곤 했다. 가끔은 작곡 후 몇 주가 지나서 노래를 들어야 '헐. 정리 좀 해야겠네'라는 생각이 들었다.

어떤 관계인지 알아보는 질문

좋다. 관계에 회의가 든다면, 옳은 일인지 또는 그들이 우리를 잘 대우하는 건지 확신이 없다면, 그게 뭐든 간에 이해한다. 숲에서 나무를 보지 못하는 것만큼 힘든 일이다. 그럴 때 이 쉬운 질문을 스스로에게 해 보자:

같은 일을 겪는 친구에게는 뭐라고 말할 거야?

'응?' 하며 또렷하게 상황이 보일 거다. 밖에서 안을 들여다보기 시작할 테니까.

생각해 보자. 네가 겪는 상황과 똑같은 상황을 친구가 네게 말했다면, 우리 반응은 어땠을까? 연인이 정신이 올바로인 애라고 생각했을까? 괜찮다고? 힘이 된다고? 힘든 시간을 지나고 있을 뿐이라고? 아니면 너를 조종하는 것이라고? 지배적이라고? 잔인하다고? 우주의 낭비라고?

친구가 그런 연인을 만나지 않길 바란다면 당신도 그런 연인을 만나선 안 된다. 당신이 훨씬 아깝다.

내가 볼 때 관건은 말하기다(또다시). 막상 다른 사람에게 설명하기 전까지는 모를 수 있다. 누군가 얼마나 처참히 당신을 대하는지. 내가 무슨 말을 하는지 알겠는가? 아무도 알지 못할 때 나쁜 상황을 알아차리기 쉽지 않다. 이야기를 들은 사람들의 반응을 보며 충격적인 상황을 미루어 짐작하는 것이다.

서로에게 말해 주자.
너무 평가하지 말고 듣고 마음을 열자.

스스로와 네 주변 친구들이 대접받을 만한 관계를 갖도록 돕자. 당신은 놀라운 존재임을 잊지 마라(그렇게 태어났다). 스스로에 만족하면 적어도 다른 사람의 마음에 차야 한다는 게 걱정거리는 아닐 것이다.

이제, 세상으로 나아가자

나는 언제나 주관이 뚜렷한 편이었다. 내가 좋아하는 것과 어째서 그것을 원하는지는 명확했다. 하지만 그건 내면의 상태지 겉으로 드러나지는 않았다. 최근까지도 내 감정과 생각을 겉으로 표현하길 어려워하며 다른 사람들이 어떻게 반응할지 두려워서 속 깊숙이 밀어 놓곤 한다. 직장에서 모두가 행복하도록 나는 나를 굽히고 꺾고 돌렸다. 나를 '디바diva'라고 생각하지도 않았다. 내가 입고 싶어서가 아니라 다른 사람들이 나에게 잘 어울린다고 말한 옷을 입었다. 인터넷에 올라온 나에 대한 부정적인 말을 신경 쓰지 않는 척 연기했다. 부단히도 '사람들을 기쁘게 하기'에만 몰두했다.

내가 사람들을 실망시킨다고 생각했는데 사실 나 자신을

저버리고 있었다.

지금은 물론 그렇지 않다. 겉과 속 모두 나로 살아가는 법을 배웠다.

다른 사람들을 만족시키기 위해 나를 바꾸면 스스로가 불행하고 무가치하게 느껴진다. 난 언제나 친절하고 유연해서, 사람들은 날 바보 취급하는 데 아무런 거리낌이 없었다. 내가 괜찮아할 줄 알았으니까. 하지만 완전 꽝이다.

겉으로 자신을 속이면 속으로 거지같이 느끼게 된다.

우리 대다수가 흔히 그렇다. 가면을 쓰고 다른 무엇, 다른 누군가가 되려고 한다. 타인의 의견과 사회가 주문하는 모습에 쉽게 영향받고 무엇이 진짜인지 잊는다. 우리 자신 그대로이지 못하다.

이 장에서는 가면을 벗어 던지고 본연의 모습에 편안함을 찾는 방법과 스스로 결정을 내리는 법을 다룬다.

직업, 개인적인 스타일, 온라인 소통 방법을 이용해
세상에 네 자리를 주장하는 데 관해서다.

사람들이 우리에게서 보는 것과 세상이 우리를 보는 방

식, 그리고 우리가 다른 사람들을 (잘못) 판단하는 점에 관한 것이기도 하다.

왜 변화가 필요한가

예전엔 그랬었다. 사람들이 일차적으로 보여 주는 모습만 봐서 고민이 있는 사람은 나 하나인 줄로 알았다. 가상 세계와 실제 생활에서 자신을 드러내는 모두가 나보다 행복해 보였다. 무시무시할 정도로 뚜렷한 몇 가지 경우들을 제외하곤 아무에게도 어떤 문제가 없었다. 나는 겉핥기식으로 그들의 직업, 성취, 외양 어쩌고저쩌고를 바라보고 빠져드는 덫에 걸렸다. 비교하니 내 자신이 초라했다.

하지만 보이는 게 전부가 아니라는 걸 배웠다. 극히 일부분에 불과하다는 것도.

우리 모두 어느 정도는 자신을 꾸민다. 사람들이 원하는 모습을 보여 준다. 그들이 바라는 결정을 내린다. 나는 그러곤 했다. 호감을 얻으려고 사람들이 내게 기대한다고 생각한 에너지를 발산하곤 했다. 하지만 늘 그 상태를 유지하는 건 매우 스트레스였고 너무 많은 노력이 들었다. 그렇다고 나나 다른 누구도 돕지 못했다.

실제로 내가 점점 더 내 자신이 되어 갈수록 더 많은 사람이 자연스레 나를 좋아해 줬다. 이렇게 되리라 결코 생각지 못했다. 내 개성을 좋아하지 않는다고 긴 시간 동안 속아 왔다. 그런 확신을 버리자 '이래도 되는구나' 하고 깨달았다. 나 자신을 더 사랑할 수 있었고 겉과 속의 자아가 일치했다. 너무 행복했다.

외면의 자아를 재확립하다

책 중반부까지 내면의 감정, 정신 건강, 겉으로 봐서는 알 수 없는 부분들을 살펴보았다. 다른 사람들이 볼 수 없었던 것들이다. 이 장에서는 그들이 보는 외면의 우리, 특히 얼마나 내면과 **끈끈하게** 관련되는지를 이야기해 보자. 하고 싶은 일을 찾는 방법, 옷으로 자신을 표현하는 방법, 온라인 친구들과 공감대를 형성하며 행복한 균형을 유지하는 방법을 말해 보자. 내가 어떻게 해 나갔는지(잦은 실패로 뒤범벅)와 태도를 달리하는 것이 얼마나(많이) 도움이 되었는지 나누고 싶다.

우리를 세상에 내놓고 진짜 내밀한 모습과 맞물리도록 조율하고 자신에 대해 편안하게 느끼게 도와주겠다. 혼자서는 할 수 없다. 당신은 초인인가? 아니지. 당신과 함께하겠다.

좋아. 너의 시간이다!
네 삶을 네 것으로 만들 시간!

음악으로 녹여 내기, 내 삶을 바꾼 순간들
그리고 그 길에서 배운 교훈

한장면을 상상해 보자. 나는 여덟 살이고 런던에 위치한 팰리스 극장 무대의 가장자리에 꿇어앉아 있다. 뮤지컬 레미제라블이 공연 중이고 나는 낡은 갈색 드레스를 입고 화장은 번지고 머리는 산발인 불쌍한 고아 어린 코제트다. 'Castle on a Cloud'를 막 부르려던 참이다. 음악이 울려 퍼지는데 한동안 느끼지 못했던 신남과 기쁨이 몰아쳤다. 왜냐면 오늘 밤 그 노래를 다르게 부르기로 마음먹었기 때문이다. 나만의 스타일로 부를 거다.

여태까지 모든 공연에서처럼 '뮤지컬 목소리'로 부르기보다 내 고유한 음색에 고유한 어조를 입혀서 부르려고 집에서 연습해 왔다. 뜬금없이 나만의 방식으로 해 보고 싶었다. 이걸 들으면 감독들은 분명 감명받을 거다. 내 목소리는 이렇게 부를 때 더 예쁘다. 입을 열고 노래를 시작하고…

결말이 예상되지?

그들은 엄청 화가 났다! 전혀 좋아하지 않았다. 그 공연 다음 날, 나는 혼났다. 주재 감독한테 한 소리 들으러 불려 나갔다.

"괜찮니? 어젯밤은 무슨 일이지? 왜 그렇게 노래한 거야?" 이유는 알고 있었지만(왜냐면 내가 그러고 싶었으니까) 인정하기엔 부끄러워서 거짓으로 답했다. "잘 모르겠어요." 다시 그렇게 행동하지 않는지 확인하기 위해서 그들 앞에서 노래를 다시, 원래 해야 하는 방식대로 불러야만 했다. 네 자리로 돌아가, 앤 마리. 나는 침울했다. 그들이 좋아할 줄 알았다.

그 경험을 통해 뮤지컬 세계에서는 자기 자신이 되는 것이 통용되지 않는다는 걸 배웠다. 매우 엄격했다. 물론 이해는 갔다. 나는 캐릭터를 연기하는 거였고 쇼는 특정한 방식으로 공연되어야 했다. 아주 어려서부터 나 자신이어서는 안 되고 내가 원하는 대로 나 자신을 표현할 수 없단 걸 깨달은 덕이다. 특정한 방식으로 하든가 아예 하지 말았어야 했다.

복잡한 기분이었다. 게다가 뮤지컬 극이 내 숙명이 아니란 조짐을 알기에는 너무 어렸다. 하지만 중요한 순간이었다. 그때 내 미래가 어떻게 펼쳐질지, 또는 내가 무엇이 되고 싶은지에 관한 어떤 단서가 있는 게 아니었고, 이전 배우들이 연기한 것처럼 모두와 똑같이 행동하는 건 받아들이기 어려운 일이었다.

내 방식대로 일을 하고 싶단 걸
깨닫던 순간이었다.

가수 생활을 하며 뼈저리게 느꼈다. 내 음악 인생은 쭉쭉 이어지는 이야기라기보다는 어떤 순간들 모음집이랄까. 찰나의 시간 속에서, 무언가를 배우고 새로운 깨달음이나 기회를 부여받았다. 모든 걸 다 잃었다가도 굉장한 가르침을 얻었다.

모든 경우에 중요한 무언가를 얻었다. 나를 만든 직업적 순간을 공유하겠다.

열정을 가져야 한다고 배운 순간

GCSE(중등교육수료고사)를 치고 나서 무슨 일을 하고 살지 감이 없었지만 결정해야만 했다. 선택의 시간은 섬뜩하고 무서웠다. 미래를 당장 정해야 한다는 생각 때문에 미칠 것 같았다. 그래서 뻔한 선택을 했는데, 내가 아는 분야였던 뮤지컬 극이었다. 내가 할 수 있는 단 한 가지라고 생각해 BTEC 대학 공연 예술 과정에 등록했다.

이 년간 꽤 괜찮은 사람들을 만나며 즐겁게 지냈다. 하지만 학기 끝에 가서는 나와 맞는 일 같지 않았다. 최고가 될 수 있을 것 같지 않았다. 그래, 얄팍했지. 내 목소리는 학과 사람들과 달랐다. 높은 음정을 소화하지 못했고 내가 보기에는 남자애의 음역대 같았다. 다른 사람들처럼 잘하지 못했고 원하는 배역을 맡지 못할 걸 알았지만 개의치 않았다. 이 직업에 대한 열정이, 솔직히 말해서 어느 직업에 대해서도 없었다.

뭔가 해서 돈은 벌어야 하니까 주말마다 레이크사이드 쇼핑센터 프레이저 몰에 있는 테드 빵집에서 아르바이트를 했다. 꽤 좋은 사람들과 잠깐 일하고 나선 와가마마 음식점으로 옮겼다. 메뉴를 외우는 건(필수 조건이지만) 젬병이었다. 사정을 말했지만 무조건 외워야 한다는 대답만 돌아왔다. 진짜 못 하겠어서 삼 주 후 그만두었다. 다음은 어린이용 놀이방인 키즈플레이스였다. 무척 재밌었지만 자주 지각하고 혼났다. 한번은 늦게 나타나자 점장이 "앤 마리 씨. 당신은 재능이 많아요. 조금 더 열심히 한다면 좋은 경력을 쌓을 수 있을 거예요"라고 말했다. 바로 다음 날 관뒀지.

개똥 같은, 출구 없는 구멍에 빠졌다. 쭉 집에만 있었다. 난 놈팡이였다. 아무것도 안 했다. 몇 시간째 인터넷을 하며 음모론을 읽고 'StumbleUpon'이란 웹사이트에 환장했다. 구식의 검색 엔진으로 버튼을 누르면 임의로 아무 웹페이지가 열린다. 등 마사지부터 멀리뛰기까지 이것저것 볼 수 있다. 흥미진진했다. 최소 몇 주는 그 웹사이트에서 놀았다. 몇 달일지도 몰라!

부모님은 "앤 마리, 제정신이니?"라고 묻고 싶었을 테지. 뮤지컬 극과 가라테에 열성적이던 자식은 온데간데없고 아침에 일어날 이유도 의지도 없는 사람만 남았으니. 그 아르바이트들을 하긴 했어도 내 삶이 어떻게 흘러갈지 몰랐다.

그때 즈음 지역 장기자랑 경연에 나가기 시작했고 〈더 엑스 팩터THE X Factor〉에도 도전했다. 아빠랑 같이 가서 카메라가 꺼져 있는 초반 몇 회차는 통과했지만 감독들 앞에서 노래 부르자 "통과는 시켜 주겠지만 네가 진짜로 할 마음이 있단 걸 보여 줄래?"란 말을 들었다. 모두가 보기에 나는 게으르고 아무것도 신경 쓰지 않는 애였다. (속마음은 실패가 너무 두려워서 애당초 시도조차 하지 않은 것이었다.)

나는 완전히 길을 잃었다. 힘든 시간이었다.

내가 정말로 관심 있는 일을 하는 게
몹시 중요하단 걸 배웠다.

내가 백 퍼센트 관심 있는 일이 아니라면 꾸준히 하고 싶지 않았다. 내 일이다 싶으면 충분히 해 나갈 수 있을 것이다. 하지만 아니라면, 흥미가 동하지 않았다.

인생 교훈: 널 즐겁게 하는 무언가를 찾아라. 정말 하면서
흥미를 느낄 것. 스스로 진로에 무관심하게 굴면
결국 일이 싫어지고 행복해질 수 없다.
돈을 떠나서, 아침에 눈 떴을 때
어떤 기분이냐가 중요하다.

음악의 길이 열린 순간

삶에는 문이 열리는 기이한 순간이 있다. 그 문은 완전히 다른 세상으로 통한다. 당시에는 중요한 순간으로 보이지 않는다. 영화와는 다르다. 중요성은 뒤늦게 깨닫는다. 나도 음악으로의 길이 열렸을 때 그랬다.

우연한 만남에서 비롯되었다. 대학교의 한 남자애가 매리라는 분에게 피아노를 가르쳤는데 그녀는 작사가였고 그에게 그녀가 쓴 노래를 부를 만한 아는 여자애를 소개해 달라고 부탁했다. 그가 나에게 관심 있는지 물었을 때 나는 단순히 '그거 재밌겠네. 내가 해도 좋을지 가 봐야겠다'라는 생각이었다. 엄청난 기회인지는 몰랐고 숙고하지도 않았다.

날 만난 매리가 내 목소리를 좋아해서 우리는 몇 년간 같이 작업했다. 그녀는 나보다 나이가 많았고 음악 산업에 폭넓은 경험을 갖고 있었다. 그녀 자신이 가수가 되길 바랐던지라 나보다 많은 걸 알고 있었다. 이때 나는 음악 산업도

그렇고 뭘 하고 싶은지 딱히 몰랐다. 단지 그녀와 하는 일이 즐거웠고 런던에 있는 큰 녹음실에서 노래하며 즐겼다.

그녀는 나와 공동으로 작곡을 한 첫 번째 사람이자 처음으로 내게 어떤 종류의 노래를 부르고 싶냐고 물어본 사람이기도 했다. 그 질문으로 인해 마치 내 자신이 아티스트처럼 느껴졌다. 하지만 여전히 진지하지는 않았고 재밌는 정도였다. 그 당시에 나는 정말 괴상하고 독특한 음악을 만들고 싶었는데 그리즐리 베어와 엔터 시카리 스타일의 노래를 들었다. 그녀는 "그런 종류의 음악을 만들고 싶다면 먼저 인기 있는 걸 만들어서 유명해져야 해. 그래야 네가 좋아하는 음악을 할 수 있단다"라고 말했다. 내가 어울리던 그룹에서 팝은 근사하게 여겨지지 않아서 좀 답답하긴 했다. (당근 지금은 좋아한다구!)

런던의 스튜디오에서 매리와 녹음하면서 예상치 못한 기회들을 맞았다. 그녀의 음악 매니저가 내가 노래하는 걸 들은 후 짧게 공동 작업을 마치고 소니사에 면접을 보러 오라고 했다. 그가 "내일 와 봐. 차트에 오른 인기곡 열 개를 부르면 걸 밴드에 넣어 줄게"라고 했지만 나는 '아니. 걸 밴드에 들어갈 마음 없어'라는 생각을 했다. 글쎄, 음반 기술가도 스튜디오에 있지 뭐야. 내 목소리를 좋아해서 다른 회사의 매니저에게 나를 추천해 줬다. 그게 더 큰 기회의 장을 열었고.

거의 모든 걸 뒤로하고 열심히 해야겠다고 배운 순간

사건이 시작되려 하고 있었다. 그 기획사의 다른 매니저가 날 마음에 들어 했고 순식간에 나는 미팅이며 작곡 수업에 나가고 있었다. 그들은 나를 시험했다. 내게 작곡할 능력이 있는지, 시간을 투자하기에 가치 있는지 보려 했다. 다만 나는 계속해서 전과 같이 살았다. 남자친구와 놀러 다니고 클레어와 같이 모타운 쇼에서 60년대 음반들을 공연했다. 우리는 '모타운걸즈'라고 불렸다. 모타운을 배경으로 공연했고 또 에식스 근방의 홀리데이 공원, 술집, 클럽에선 최신곡들을 불렀다. 나는 60년대 스타일의 옷을 입었다: 검정 올림머리 가발, 검정색 테슬이 달린 드레스, 검정 구두, 빨간 실크 장갑과 빨간 헤어밴드. 또다시 내가 아닌 다른 사람이 되는 것 같아서 공연하는 게 조금 긴장되기도 했다. WKD

를 한 모금 넘기고 나서야 무대에 오를 수 있었다! (장기적으로 이때의 경험 덕에 목소리를 훈련해서 고음을 낼 수 있었다.) 내 솔로 신곡? 솔직히 말해서 최선을 다하지 않았다.

기획사는 믿을 수 없어 했다. "넌 런던으로 와야 해. 음악계 사람들이랑 친밀감을 쌓고 모타운 쇼는 더 이상 하지 마"라는 그들의 말에 나는 "꺼져, 모타운 쇼는 계속되어야만 해. 그리고 난 에식스에서 살 거야!"라고 대응했다. 그들은 성공하고 싶다면 다른 건 다 잊고 음악에만 몰두해야 한다고 했다. '이제 이게 너의 삶이야'라고 말하는 것 같았다. 하지만 난 그렇게 하고 싶지 않았다. 무서워서 하지 않았다. 대학교에서 하던 건방지고 무례한 방식을 고집하고 있었다. 사람들은 내게 소질 있다 말했지만 그것을 받아들이는 내 태도가 문제였다.

그러나 그때, 정신 차리란 소리를 세게 들었다.

작곡가이며 감독인 아서 스미스를 만난 것이다. 현재 내가 가장 좋아하는 사람 중 한 명이다. 그는 성공으로 가는 길목에서 버둥대던 날 보고 내 태도를 어이없어했다. 왜 너는 하루에 다섯 곡을 쓰지 못하지? 왜 너는 수업에 일찍 나오지 못하지? 다시 말해, 왜 너는 제시간에 오지 못하지?

하루는 그가 도움이 되는 말을 해 주었다. "덜 재능 있는 사람들이 너보다 멀리 날 거야. 걔들은 열심히 하거든." 나는 "어림없는 소리! 절대 아냐!"라며 부정했다. 그런 일이 어떻게 있을 수 있지? 왜 덜 유능한 사람들이 더 잘해? 그건 말이 안 됐다.

그러다가 그런 일이 일어나는 것을 보고 '젠장, 그가 맞잖아' 하고 생각했다. '사실, 아니 진짜로 나 열심히 하고 있지 않았나 봐. 무슨 일이 일어났는지 좀 봐. 내가 더 열심히 일하면 무슨 일이 벌어질지 봐야겠어.'

그가 내 앞에 깔아 준 기회들을 잡기 시작했다. 그가 녹음실에 가자고 하면 알겠다고 대답하고 제시간에 가려 했다. 그를 뿌듯하게 하고 싶었다. 나를 성공시키려는 그의 진심에 보답하고자 노력하기 시작했다. 그는 나를 품어 주었고 내가 알아야 하는 모든 것을 가르쳐 주었다(아주 많이). 그는 좋은 스승이었다.

음악 인생의 첫 단추를 열심히 꿰지는 않았다. 마음 한구석엔 내가 성공한 가수가 될 수 없을 거라고 믿어서 스스로 한계를 뒀다. 열심히 노력한 뒤에 실패하고 싶지 않았다. 그게 더 나쁘니까, 그렇지? 그게 내 문제였다. 나는 의욕이 없어 보였고 실제로도 시도하기가 겁났다. 거의 기회를 잃을 뻔한 경험을 통해 열심히 해야 한다는 인생의 가장 중요한 교훈을 얻었다.

두려움을 치우고 노력을 기울여라.

일은 그냥 일어나지 않는다.

인생 교훈: 일은 쉽사리 일어나지 않는다. 밖에서 볼 때는 쉽게 보일 지도 모른다. 하지만 목표를 이루어 내는 대다수의 사람들은 정상에 다다르기 위해 미친듯이 열심히 했다. 무언가를 정말 원한다면 시간 과 노력을 부어 달성하자.

실패를 두려워 말고 시도를 자랑스러워하자.

그동안 받은 최고의 조언
(들은 것도 있고 안 들은 것도 있다)

❯ 열심히 일해라

❯ 즐기고 즐겨라

❯ 매일 부모님께 전화해라

❯ 모두에게 친절해라–올라갈 때 만난 사람들을 내려갈 때도 만 난다

❯ 진정한 네가 되라

❯ 비평을 받아들여라

❯ 모두가 널 좋아하지는 않는다

❯ 돈을 모기지에 넣어라

내 장점을 깨달은 순간

2012년, 아서는 나에게 그가 만든 마그네틱 맨 팀의 객원 가수가 되어 달라고 부탁했다. 자라면서 덥스텝을(마그네틱 맨도) 좋아했어서 살짝 벅차올랐다. 반해 버렸다는 게 더 솔직한 심정일까. 영국 각지를 돌며 아담하고 끈적이는 장소들에서 연주했다. 새벽 3시에 한 공연을 마치면 밤새 달려 새벽 5시에 다른 공연을 하는 무척 빡센 일정이었다. 그래도 좋았다. 아서는 날 챙겼고, 게다가 너무 웃겼다. 최고의 시간이었다.

그 순회공연에서 루디멘탈을 처음 만났다. 순회공연이 끝나고 녹음실에서 더 많은 노래를 쓰는 일상으로 돌아간 사이, 루디멘탈이 순회공연의 라이브 가수를 찾는다는 이메일을 받았다. 내가 오디션을 보고 싶었을까? '젠장. 왜 안 되겠어?' 오디션 날이 밝았을 때, 나는 편도염에 걸린 상태였다. **끝내주네.** 거지 같은 기분으로 도착하니 앞서 온 두 명이 이미 노래를 끝마치고 나와 입구에서 나를 지켜봤다. 참고로 이날 인이어를 처음 껴 봤다. (인이어는 공연할 때 가수들이 차는 이어폰이다.) 인이어를 써 본 적이 없는 데다가 뭔가를 귀에 낀 채로 노래하니 집중하기가 어려웠다. '이게 뭔 상황이지?' 싶었다.

최악의 오디션이었다. 무슨 일이 벌어지는지, 뭘 들어야 하는지 감을 잡을 수가 없었다. 너무 덥고 화가 났다. 노래는 또 어찌나 높은지 아주 적절하게 흥분한 상태였다. 인내심이 바닥났다. 나는 아팠고, 짜증이 치밀었다. 당황스러운 마음에 재킷을 벗었는데 그게 인이어에 걸렸다. 그 순간 인이어를 벽에다가 던져 버렸다. 루디멘탈은 "그녀가 최고야! 그녀로 결정했어"라고 말했다. 그게 전말이다. 그런 무대 매너를 보여 주고 오디션에 붙었다. 우습군.

인생 교훈: 네 최고의 자산은 너의 고유한 성격이다.
성질머리를 부려 오디션을 망친 줄 알았는데 그들은 그렇게 보지
않더라. 그들은 내 솔직한 반응을 무척 마음에 들어 했다.
나는 나로서 있었고, 겉치레하기보단 그게 낫았다. 본인과 타인에게
너의 장점이 무엇인지 묻고 거기에 대해 자부심을 가져라.

모든 좋은 일에는 시간이 걸린단 걸 깨달은 순간

해내는 데 너무 오랜 시간이 걸렸다. 사람들은 자고 일어났더니 일어난 일이라고 한다. 그들이 보기에 계약서에 서명하고 나면, 빵! 너는 이미 스타다. 참 나, 메리와 함께하며 그녀의 노래를 부르는 데서 멈추지 않고 나만의 음악을 제대로 시작하기까지 이 년이 걸렸다. 첫 기획사와 계약했을 때조차 그들은 나를 어떻게 만들어 나가야 하는지 몰랐다. 나는 레코드사에 회의하러 가서, 사람들로 가득 찬 방에서 노래를 부르긴 했어도 음반 계약은 맺지 못했다.

한편 루디멘탈과의 순회공연은 순조롭게 흘러갔고 나는 많은 것을 배웠다. 여행은 즐거웠고 자메이카부터 호주까지 전 세계를 가로질러 공연을 펼쳤다. 런던 o2 경기장에서도 공연했다. 얼마나 대단했는지 미처 몰랐다. 도리어 당시엔 모든 음정을 맞게 부르고 가사를 틀리지 않기를 바라고 그들에게 멋져 보이려 노력하느라 스트레스를 많이 받았다. 성취한 것에 감사하고 나를 칭찬하기보다 잘못될지 모르는 일들을 걱정하느라 허송세월을 보냈다. **전형적인 나.**

하지만 그 공연으로 말미암아 먼 훗날에 음반 계약을 성사시킬 수 있었다. 돌파구를 찾아 여러 해를 녹음실에서 다른 사람들과 음악을 쓰며 보냈다. (어떻게 들리고 싶은 건지도 모르면서.) 순회공연을 한 지 3년이 지나고 내 첫 솔로 앨범 〈Karate〉를 2015년에 발매했다. 차트에서 1위는 못 했지만 스티브 맥이나 이나 롤드센 같은 거물급 작곡가들의 관심을 받게 됐다. (스티브는 리틀 믹스의 'Woman Like Me'와 에드 시런의 'Shape of You'와 핑크의 'What About Us' 같은 메가 히트곡

을 공동 작곡한 감독 겸 작곡가이고 이나는 제임스 아서의 'Impossible'
과 제스 글린의 'Hold My Hand' 같은 히트곡을 공동 작곡한 멋쟁이
작곡가이다.) 다음 해에 발매한 'Alarm'은 다름 아닌 스티브,
이나와 함께 만들어 냈다. 내 이름을 단 첫 히트곡이었다.
그 기점으로 모든 게 달라졌다. 다만 도착하기까지 오랜 세
월이 걸렸다.

*인생 교훈: 만약 정말 **절실하게** 원하는 게 있다면 포기하지
마라. 그냥 하지 마. '벼락 성공' 이야기는 전체 그림을 보여 주지 않
는다. 계속 해 나가다 보면 몇 번 넘어질지라도 다시 일어설 수 있다!
힘내라!*

자기 자신이 되는 걸로 충분하단 걸 깨달은 순간

계약을 성사시키기 전, 메리와 여전히 노래들을 녹음하고
있을 적에 내 매니저가 우리의 첫 미팅에서 내게 물었다. "누
가 되고 싶으세요?" 나는 스무 살이었고 그 질문이 나를 당
황하게 했다. *'모르겠어요'*라고 대답한 후 생각했다. 뭐라
고? 어떤 아티스트가 되고 싶은지는 커녕 나는 *내*가 누군지
조차 몰랐다. 사람들의 호감을 사느라고 노력하면서 이쪽

저쪽으로 성격을 고쳐 댔다. 나는 내가 무엇으로 만들어진 사람인지 알지 못했다.

새 남자친구 루크와 그의 대학 동기들과 무리를 지어 다니던 시기였다. 그때도 나는 속이는 중이었다. 그들과 어울리는 게 다른 사람, 새로운 사람, 내가 아닌 사람으로 통하는 기회로 보였다. 이를테면 나는 취업 준비 수당을 타면서도 그들한테 부자인 척했다. 내가 아닌 다른 사람인 양 가장했다. 나는 모든 걸 속였다.

나는 아티스트로서의 이름을 바꿀까도 고민했다. 별별 미친 아이디어를 생각해 냈는데, 내가 'Ruby Gold'라고 불려야 한다고 생각한 게 믿겨? 지옥이나 가라지. 스물네 살에 첫 음반 계약을 잡고 나서도 나는 가장해야 했다. 미팅 전에 전 매니저(그래, 같은 사람이다)가 "너 에식스 출신인 거 말하지 마, 런던에서 왔다고 해. 자선 상점에서 산 점퍼 입지 마, 드레스 입어"라고 말했다. 그는 내가 나이길 바라지 않았다. '아 좀 제발 닥치라고!' 돌아 버릴 것 같았다. 건수를 따냈지만 나인 채로 따냈다면 좋았을 텐데 그만큼은 기쁘지 않았다. 내가 거짓말을 팔아넘긴 것 같았다. 사기꾼 같았다. 그들 사이에서 언제 나는 나일 수 있을까? 이 사람으로 평생 살아야 하는 걸까? 어쩌면 내가 에식스 출신이라는 말을 해 버릴지도 모르겠어. 내 본연의 모습을 드러냈을 때 나는 좋은 상태일까?

나 자신이 될 수 있고, 내 자신이어도 된다는 걸
배우는 데 시간이 걸렸다.

('Alarm'에서조차도 리한나처럼 부르라고 종용받았다.) 에드 시
런을 만나고 나서야 나는 음악 산업에서 그냥 나 자체로
존재할 수 있다는 걸 깨달았다. 전 매니저가 그를 소개한
건 2011년이었다. 그는 엘튼 존에게 그의 새로운 노래를 들
려주고 있었고 엘튼 존은 따라 부르고 있었다. 그 모습은
엄청났다. 나는 **'우아아아아아'** 신음을 흘렸다. 믿기지 않았
다. 그 후에 파리에서 그를 다시 만났다. 그는 쇼를 하고 있
었고 나는 곡 작업을 하는 중이었다. 우리는 잘 맞았고 그
후로 나의 가장 큰 후원자가 되어 주었다. 그의 팔로워들한
테 나를 소셜 미디어에서 팔로우하라고 말하고 포스트를
태그해 주고 그와 순회공연을 가고 그의 아레나 쇼에 나의
세팅을 열자고 물어 주었다.

에드를 만나고 나는 그의 진정성에 놀랐다. 그는 세상에
서 가장 성공한 아티스트이자 자체만으로도 사랑스러운 존
재다. 해를 거듭하며 그는 내게 그냥 *나 자신이 되어도* 괜찮
다고 깨닫게 했다. 특별해지려고 다른 사람인 척하지 않아

도 된다고 생각했다. 이제 나는 나 자신이다. 나는 정직하고 나는 진실로 나이다. 충격적이게도 내가 더 진실된 나 자신을 발견할수록 더 성공적인 가수 생활을 하게 됐다. 첫 미팅에서도 그 후 계속해서도 내가 누구인지 속여야 했다. 그러다 보니 자꾸 궁금해졌다. 애당초 내 자신이었다면 어땠을까?

인생 교훈: 특별한 사람, 성공한 사람이 되기 위해 다른 사람이 될 필요는 없다. 나 자신으로 존재하는 건 충분치 않고 따분하니까 가면을 써야 한다고 생각하곤 했었다. 쓸데없는 생각이었다. 진정한 자아는 우리의 최선의 모습이고 다른 사람들도 그렇게 볼 것이다.

보이는 성공이 다가 아님을 깨달은 순간

'Rockabye'가 발매된 2016년 10월 아침, 미국 중부에 있는 호텔 방에서 일어났다. 내 음악 인생은 순풍에 돛 단 듯 질주하고 있었다. 'Alarm'이 겨우 몇 달 전에 발매되자마자 드디어 지금까지 노력해 온 결과로 성공을 맛보는 중이었다. 하지만 쓰레기 같은 기분이었다. 전 매니저와 살인적인 스케줄을 소화하고 있었고 내 전부가 무너져 내린 느낌이었다. 나는 똥처럼 보였고 똥처럼 느꼈다. 심하게 지쳤고 정신이 위태로운 상황이었다. 몸을 뒤집은 채로 핸드폰을 켜 차트 순위를 체크했다. 'Rockabye'가 전 세계에서 1위였다. 오 마이 갓. 하지만 변변찮게 축하할 수밖에 없었다. 나는 **기진맥진했다**. 마땅히 느꼈어야 할 성취의 순간이라고 느끼기엔 내 속이 개떡 같았다.

겉으로 보기에 내 음악 인생은 대박을 터트렸다. 그러나 얼마 전까지만 해도 기쁘지 않았다.

무수한 인고의 세월. 인간으로서 성공한 느낌이 들지 않았다.

복합적인 요인들이 작용했다. 첫째로, 행여나 다음 날 추락할 경우에 대비해서 진실로 받아들이지 않던 내가 문제였다. 둘째로, 나 자신에게 터무니없이 높은 기대치가 있었다. 세계에서 내로라하는 가수이고 모든 곡이 1위이지 않는 한, 성공이라 불리기엔 미약했다. (안다, 같잖지.) 셋째로, 가장 중요하게도 내 자신이 미웠기 때문이었다.

치료를 받고 머릿속을 정리하고 나서야 내 자신과 내 직업을 괜찮게 느낄 수 있었다. 자기 정진과 성공은 떨어질 수 없는 관계라는 말이 내가 느끼는 바이다. 오해하지 말기를. 음악 인생에서 더 많은 일들을 할수록 기분이 좋았다. 하지만 내면이 더 평안해지지는 않았다. 나는 멋진 경험을 했고 멋진 사람들을 만났다. 브라질에서 내 공연을 보러 영국까지 온 여자애도 있었고 가슴에 내 사인을 타투한 남자애도 있었다. 날아갈 것만 같았다. 다만 낮은 자존감 탓에 내가 성공했다고 느끼지는 못했다. 휴.

이제는 나 자신을 다르게 바라보기에 나의 직업을 더 즐길 수 있다. 그리고 생각한다. '오, 'Rockabye', 'Ciao Adios', 'Friends', '2002'를 동시에 공개했다면 지금쯤 내 세상이었을 텐데. 캬캬. 나는 **똑똑해!**' 그땐 안 그랬다. 외면의 나는 성공적이었으나 언제나 내면의 나는 거지 같은 기분을 느꼈다. 테라피 전엔 왜 이런 상태인지도 몰랐다. 짜증 난다. 그때 행복했더라면 좋았을 텐데. 하지만 늦더라도 변하지 않는 것보다 낫다잖아! 성공은 우리 모두가 생각하는 대로 빛나는 바깥 표식이 아니라 더 깊고 더 개인적인 무엇임을 알게 되었다.

인생 교훈: 직업적 성공은 네 자신이 행복하지 않다면 아무 의미가 없다. 개인적인 행복을 희생하여 직업 목표를 좇으려 마라. 그렇게 다다른 목표에는 아무것도 없다.

진짜 성공이 뭔지 이해한 순간

2019년 말에 나는 LA에 있었고 심령술사 둘을 보러 가기로 결심했다. (그들이 진짜인지 가짜인지는 모르지만 그들이 좋다!) 두 사람 모두 말하기를 내년은 나의 해이고 온 우주가 나를 위해 정렬한다고 했다. '예―쓰. 완전 일리 있어. 내 새 음악은 **엄청나게 좋고** 나는 진짜 만족해.' 나는 모든 것에 심장이 뛰었고 2020년이야말로 마침표를 찍을 전성기라고 생각했다. 하지만 코로나 바이러스가 터졌다. 2020년은 내가 생각했던 모습과는 달랐고 직업과 관련된 거의 모든 것이 멈췄다. 심령술사들은 뭔 얘기를 했던 걸까?

2020년이 지나고 나서야 그들이 나의 직업이나 외부적 성공에 대해 말했던 게 아니란 걸 알았다. 내 안에서 일어나는 일에 관해서였다. 그들이 말한 2020년은 내가 숨겨진 진짜 성공을 찾는 해였다는 점에서 옳았다. 2020년에 나는 정말 많이 변했다.

가장 중요하게도 나의 방식으로 성공을 정의하는 법을 배웠다. 나는 끊임없이 나를 다른 사람들의 성공에 빗대어 비교했고 차트를 보고 인정을 구했으며 '나 괜찮게 하고 있지? 나 성공했어?'라고 물었다. 주변을 돌아보곤 다른 사람들에 비해 나는 쓰레기라고 생각했다.

관건은 성공에 대한 인식을 바꾸고
다른 사람의 성취로 내 성공을 평가하지 말란 거다.

내 노래로 사람들을 행복하게 할 때 성공을 느낀다. 공연이 매진되고 사람들이 시간 내어 저녁 공연을 보러 와 줄 때 신난다. 감동을 느낀다. 내 음악이 인생의 어떤 시기를 헤쳐 나가는 데 도움이 되었다고 들을 때마다 언제나 기분이 좋다. 그게 다다. 누가 나한테 비슷한 말을 하면 미치도록 행복하다고!

2021년에 나는 ITV에서 하는 노래 경연 프로그램인 〈더 보이스 UK〉의 코치가 되었다. 다가가기가 불안했고 확신하지 못했지만 내 직감이 '이건 진짜 굉장한 기회야'라고 말해 주었다. 나는 프로그램의 프로듀서(모두 여자여서 좋았다)들과 줌으로 화상 전화를 했고 내가 코치가 되는 일에 열정적이란 걸 느꼈다. 음악 산업에 발을 담근다는 게 어떤 건지 얘기해 주고 경연을 진행하며 참가자들의 정신 건강을 관리할 수 있을 터였다. 며칠 후 그들이 코치직을 맡아 달라고 제의했고 기분이 **아주** 좋았다.

2021년 초반 봉쇄 기간 중 시리즈를 촬영했다. 무진장 떨렸지만 세트장에서 만난 다른 코치들인 톰 존스, 올리 머스, 윌.아이.엠이 나에게 무척 잘해 주어서 이내 긴장을 풀 수 있었다. 블라인드 오디션 단계에서 우리는 무대에 등을 돌린 의자에 앉아 참가자들을 보지 못하는 채로 노래를 들었다. '아무도 나를 멘토로 뽑지 않을 거야'라는 생각에 걱정이 됐다. 그런데 첫 번째 참가자가 나를 뽑은 후로는 편해지면서 멋지게 즐겼다. 내가 음악 산업에 종사하면서 얼마나 많은 걸 배웠는지 깨닫는 시간이었다. 단계가 진행될수록 이런 경험을 할 수 있음에 더 감사했다. 톰과 윌의 옆에 앉아 있다니 그 자체로도 꿈만 같았다.

내 자신과 성격에 더 자신감을 가지게 되었다. 사람들이 내 노래를 듣는 것에서 나아가 내가 누구인지를 봐 줘서 행복했다. 놀라운 경험이었고 팬과 친구, 가족한테 온라인 코멘트를 받아서 더 행복했다. 나는 언제나 진실된 나이고 싶었는데 진짜 나를 사랑해 주는 사람들 덕분에 '와우, 내가 바라왔던 전부야'라고 할 수 있어서 뜻깊었다. '성공'에 대한 인식이 바뀌었다. 나로 존재할 수 있어서 성공적이었다.

인생 교훈: 다른 사람의 성공은 당신의 실패가 아니다.
우리는 모두 자신만의 길을 간다. 사회나 소셜 미디어가 규정하는
성공이 아니라 우리의 내면이 성공적이라고 느끼는 걸 찾고 얻기
위해 노력하라.

미래가 캄캄할 때…

날 도와준 몇 가지다.

❯ 진로 계획이 완벽하게 준비되지 않아도 괜찮다. 열여섯 살에 이미 미래에 뭘 하고 싶은지 안다고 기대하는 건 말이 안 된다. 내가 좋아하는 노래의 노랫말을 보자. 바즈 루어만이 부른 '모두는 자유로워요(선크림 바를 때)Everybody's Free(To Wear Sunscreen)'에서 영감을 좀 얻는다. 날 **엄청** 도왔다.

❯ 싫어하는 직업이나 진로에 끼인 상태라면 생각을 고쳐먹고 다른 일을 해라. 늦지 않았다. 삶은 유한하니까 가치 있는 일을 해라.

❯ 출세하고 싶으면 좋은 사람이 되라. 많은 면에서 도움이 된다. 내가 거만한 사람이었다면 여기 있을 수조차 없다. 일은 힘들기에 좋은 사람이 되는 게 중요하다.

❯ 당신을 왕좌에 올려 줄 좋은 스승과 지지자를 찾아라. 에드 시런, 애니 맥, 아서 그리고 내가 잘하기를 바랐던 많은 음악

인과 언론인들이 내가 성공할 수 있도록 도왔다. 혼자서는 할 수 없다. 스승을 찾는 일을 어디서부터 시작해야 할까 아는 것은 쉽지 않고, 누군가에게 도움과 조언을 구하는 것은 무서울 수 있다. 하지만 네가 물어보면 많은 사람이 **정말로** 우쭐해한다. 당신의 분야에서(아니면 들어가고 싶은 분야에서) 당신이 생각하기에 인상적이고 미래에 닮고 싶은 경력을 가진 인물을 둘러볼 것을 조언한다. 공손하게 연락해 보고 **그냥 물어봐라!** 일어날 수 있는 가장 최악은 그들이 답장하지 않는 것이다. 하지만 의외로 답장을 보내고 신나서 도와줄 수도 있다. 묻지 않는다면 평생 알 수 없다. 뛰어들어라.

❭ 당신보다 많이 아는 사람들이 건네는 긍정적인 비평을 받아들여라. 내가 아서한테 들어야 했던 말처럼 처음엔 듣기 고통스럽겠지만 그들의 관점에서 잠시 생각해 보자. '흠, 일리가 있네' 싶으면 개선하려 하고 조언을 받았음에 감사하자.

❭ 굳어진 인식 때문에 성공을 왜곡해 바라볼 수 있다. 다른 사람들과 자신을 거듭 비교하다 보면 성공한 기분을 느끼지 못한다. 성공은 개별적이므로 자신만의 길을 만들어 나가야 한다. 끊임없이 다른 사람의 길을 걸으려고 하지 마라. 기억해라. 모두가 비욘세가 될 수는 없다.

사다리 대 빙하

'사다리 오르기'란 표현을 아는가? 경력을 세우는 원리다: 경사의 바닥에서 시작해 서서히 정상까지 올라 깃발을 꽂고 '아싸! 내가 해냈어'라고 외친다. 내 직업 같은 경우에 대중들은 종종 당신이 아무도 모르는 곳에서 튀어나왔다고 여긴다. 어느 날 평범하게 걷던 사람이 다음 날 팝스타가 된 것처럼 모든 게 아주 쉽게 주어졌다고 본다.

내가 보기엔 전혀 아니올시다.

네가 봤듯이 내가 올랐던 여정은 훠—얼씬 지저분했다. 정신 나간 진로에서 내가 겪은 것, 내가 배운 것을 보면 아까 본 글은 전혀 사실이 아니다. 내 길은 혹과 구멍, 꺾임과 돌림투성이였다. 많은 행운, 많은 실수, 더 많은 노력으로 가득했다. 멋진 사람들이 길을 이끌어 줬고 내가 이 자리에 있기까지 시간과 지원과 조언을 아끼지 않았다. 신세를 크게 졌다.

하지만 무엇보다도 나는 많은 교훈을 얻었다. 우리는 제각기 다른 길에 서 있고 다른 삶을 살아가고, 한 사람에게 좋은 일이 다른 사람에겐 아닐 수 있다.

성공을 거두는 방법은 많다.

사실 당신은 사다리를 오르는 게 아니다. 빙하에 더 가깝다. 다른 사람들은 당신이 해낸 일의 10퍼센트밖에 보지 못한다. (빛나는 겉모습뿐.) 하지만 빙하의 아래에는 90퍼센트가 숨겨져 있다.

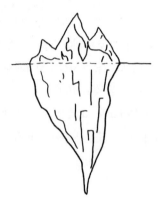

그러므로 삶에서 해내고 싶은 게 있다면 스스로가 나서서 해라. 다른 사람의 꿈을 이뤄 주려고 살지 말고 다른 사람의 성취와 다투지 마라.

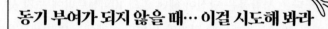

동기 부여가 되지 않을 때… 이걸 시도해 봐라

기분이 영 별로고 진로를 이어 나가다 방향이나 동기를 잃었다면 이 연습을 해 보자. 한 주를 내어 긍정 노트를 써 보는 것. 일요일 밤, 앉아서 당신의 고유한 자질을 생각해 보자.

본인에게 물어보자: 넌 뭘 갖고 있니?

생각한 답을 아래 적어 보자. 그 특징들은 개별적이고 당신만의 것이다. (생각이 안 난다면 친구나 가족에게 물어보자.)

나를 나답게 만드는 자질:

_____

_____

_____

_____

_____

_____

_____

다음 주를 준비하자. 성취하고 싶은 것을 적고 성공하면 지워 나가라. 진부한 할 일 목록으로 생각하지 마라. 오히려 주어진 시간 내에 이룩한 작은 승리의 집합이다. 멋진 새 일 구하기와 같은 건 해내기 어렵고 실패했을 때 거지 같은 기분이 드니까 제외. 누구누구와 커피 마시기, 자료 업데이트하기와 같은 걸로 채우자.

내가 성취하고 싶은 것:

_____

_____

_____

_____

_____

_____

_____

기억할 것: 한 주가 새롭게 시작한다. 하루가 새롭게 시작한다. 새로운 목표, 새로운 성과, 새로운 마음가짐. 해 보자!

어딜 가나 나를 쳐다보는 눈이 있다.
나는 화려한 옷이 아니라 헐렁한 바지를 입었을 때
최고로 멋지다.

본연의 스타일 찾기,
그것이 나를 행복하게 만든 이유
그리고 나만의 스타일을 찾는 법

최근 십 년 전에 찍은 사진 한 장을 발견했다. 당시 나는 아티스트로 시작하는 단계였고, 첫 촬영을 위해 차려입었다. 내가 누군지 도무지 분간이 되지 않았다. 당신이라고 나를 알아봤을까. 나조차도 믿기 어려웠다. 금색 코르셋 뷔스티에를 입었고, 뾰족한 어깨 라인은 내 턱 끝까지 올라와 있었다. 머리는 젤을 발라 앞머리를 냈다. 화장은 진짜로 미쳤다. 까만 아이라이너를 짙게 바르고 엄청 긴 가짜 속눈썹을 붙였으며 금빛 색상의 립스틱을 발랐다. 전혀 나처럼 보이지 않았다. 내가 저 모습으로 사진 찍는 걸 동의했다니 웃기다.

나는 다른 사람들과 다르게 옷을 입길 원해 왔다. 십 대의 나는 당대 사람들이 입는 트렌드나 스타일을 무시하고 내가 입고 싶은 대로 입었다. 그게 나에겐 **무척** 중요했다. 하지만 아티스트가 되고 나자 내가 어떻게 보이는지가 호사가의 입방아에 오르내리게 되면서 고민하게 됐다. 저 사진(민망한 다른 사진들과)을 보니 확실히 고민이 보인다.

옷을 어떻게 입는지는 중요하다. 하지만 특정한 모습—섹시하거나 패셔너블하거나 최신 트렌드에 잘 맞는—이어야만 하는 건 아니다. 헛소리.

우리 자신을 스타일하는 방식은
우리가 누구인지를 나타내는 외적 표상이다.
'이게 바로 나야' *하고 세상에 보내는 메시지이다.*

입을 열지 않고도 우리에 관해 수억 가지를 전달하는 방법이다.

근데 그 사진을 찍을 땐 대체 뭔 일이 있던 거야?

우리에게 영향을 주는 것들은 많다. 특히 저마다 의견을 가진 만큼 진짜 우리가 누구이고 고유한 스타일이 무엇인지 아는 데에 시간이 필요하다. 툭 까놓고 보자. 우리 스스로를 세상에 표현하는 방법에 대해 큰 압박감을 지고 있다. 우리는 광고와 언론을 통해 구하기 힘든 '완벽한' 이미지를 팔아야 한다. 중요하지 않은 사람들의 의견을 들어야 하고 우리가 아닌 그들이 원하는 행동으로 그들을 행복하게 만들어야 한다.

나는 이런 실수들을 자주 저질러 왔다. 이제서야 나는 나다울 수 있게 되었고 내 생김새에 만족한다. 절대 쉽지 않았다.

스타일을 좋아하다

청소년 시절 나는 옷 입는 데에 관심이 많았다. 아빠는 모드 족(1960년대 영국 패션이자 음악 장르. 모드 족들은 매우 특이한 방식으로 옷을 입었다. 구글에 찾아 봐라)이었고 밖에 나갈 때면 차려입었다. 스타일리시하게 모드 스타일로 맞춤한 멜빵바지와 셔츠를 입고 모자를 썼다. 우리는 종종 주말에 일찍 일어나 에식스에 있는 피트시나 배질던 마켓에 가서 이것저것을 쇼핑했다. 나는 자선 상점에 가는 것도 좋았다. 재미가 있었다.

다른 애들처럼 어렸을 땐 나도 당대의 유행을 좇았다. 나와 샘은 나팔바지, 어떤 것이든 반짝이는 것과 엉덩이에 차는 거대한 벨트를 사랑했다. 내가 사랑하는 패션 아이콘은 그웬 스테파니, 핑크, 'Can't Hold Us Down'에 나오는 크리스티나 아길레라였다. 세상에나, 난 크리스티나에 미쳐 있었다. 그녀가 정말로 좋았다. 초등학교 친구들과 엄마한테 내 이름을 크리스티나로 바꿀 거라고 말하기까지 했다. 엄마는 기뻐하지 않았다!

어렸을 땐 다들 그렇지 않은가? 멋지게 보이는 누군가를 보게 되면—베레모와 엉덩이가 보일 정도로 낮은 청바지(로라이즈진), 얇게 그린 눈썹의 크리스티나같이—더할 나위 없이 그들과 꼭 같아지고 싶어진다. 그녀의 이미지를 따라 하려고 하고 십 대 초반엔 너도 알다시피 브랜드 그리고 브랜드에 미쳐 있는 학교 애들과 어울리려 했다.

어울리기 위해 가장하다

한번은 중학교 때 애들이 공원에서 모인 적이 있었다. 또래 집단에 매달리는 데 필사적이어서 초대받지 않았는데도 그곳에 갔었다. 그 시각 나는 남색 벨루어 운동복을 입고 있었다. 허리 밴드에는 브랜드명이 있었지만 유명하거나 멋진 브랜드가 아니라서 조금 창피했다. 어떤 브랜드인지 사람들이 발견할까 봐 그 허리 밴드를 접어서 가렸다. 애들이 물었다. "그거 브랜드가 뭐야?" 나는 연기했다. "음, 모르겠어. 전혀." 싫다. 그게 창피했다는 게 싫다. 걔들 때문에 그렇게 느낀 게 싫고 내가 그렇게 느끼도록 그들을 내버려 둔 게 싫다.

슬프다. 내가 어려서부터 정말 좋아하는 게 자선 상점에서 쇼핑하는 일이었는데 나는 멋없게 여겨진다는 이유로 그 사실을 숨겼다. 내가 다르게 보이길 바라는 건 자연스러운 현상이었는데 어렸을 땐 또래 집단에 속해야 한다는 압박감이 너무도 강했다. 호감을 얻겠다는 속내가 있었다. 내가 '쿨한' 옷들을 입으면 그들이 나를 좀 더 사랑해 줄 거라고 생각했다. 그러나 헛짓거리였고 내 자신이 전혀 아니었다. 나는 이제 대형 브랜드 메이커에 관심이 없다. 그게 어디서 온 건지에 관계없이 내가 입고 싶은 걸 입는다.

무리를 좇지 않다

내가 선호하는 스타일은 톰보이 룩이었는데 드레스와 치마, 구두를 멀리하고 청바지와 운동복을 입었다. 사람들이 어울린다고 생각하지 않는 무작위의 의상들을 조합하길 즐겼다.

나이가 들어 대학교에 들어가고서는

사람들의 의견을 덜 귀담아듣고
내 개인적인 스타일을 더 드러냈다.

예전 학교 애들과는 달리 대학교 무리는 브랜드에 전혀 다르게 접근했다. 정반대로, 브랜드를 입으면 "흠, 왜 그걸 입어?"라고 했다. 주류에 속하는 게 멋없는 일이고 과시라고 여겼다. 혼란스러웠다.

그런 태도를 가진 사람들과 지내며 과감히 중고 옷을 입었고 한 명의 제대로 된 드레서로 이름을 알렸다. 나는 평범함과 거리가 먼 의상들을 찾는 것과 고유한 스타일을 가진 사람으로서 명성을 얻는 걸 즐겼다. 다른 옷을 입는 걸 좋아했고 내가 좋아하는 방식으로 옷을 입어 두려울 게 없었다. 아빠에 대한 존경의 표시로 모데트 식으로 입던 시기도

있었다: 셔츠, 바지, 크리퍼(슬리퍼의 한 종류)를 입고 양쪽은 밀고 뒷부분은 길게 남긴 괴상한 머리를 했다.

브랜드를 다르게 받아들이는 사람들을 만나고 나서야 나는 진실되고 별나고 자선 상점을 좋아하는 자신을 전적으로 포용할 수 있게 되었다. '오! **평생토록** 하고 싶은 일이야!' 나는 내가 멋지게 보인다고 생각했고 내 옷을 입고 완전한 나로 존재함에 기분이 끝내줬다.

자신 있게 옷 입는 법

자라면서 무리와 다르게 입기를 원하는 게 어려운 일일지도 몰라. 하지만 이것만은 기억해 두자.

❯ 스스로의 감을 믿어라. 입고 있는 옷이 별로라고 느껴지면 입지 마라.

❯ 네가 뭘 입든 다른 누가 상관할 일이 아니다. 자신의 스타일을 다른 사람이 좌지우지하게 하지 마라.

❯ 똑같은 옷을 입어도 어떤 날은 기분이 좋고 어떤 날은 거지같다. 우리 스스로 느끼는 게 그날그날 다르다. 속이 더부룩하거나 숙취에 시달리거나 변덕스럽거나 모두 정상이다.

❯ 누군가에게는 맞는 옷이 당신에게는 안 맞을 수 있다. 우리는 다르게 만들어졌다.

❯ 개인 스타일은 여행과 같다. 금방 알아낼 수 없단 점이 묘미이다. 부끄러운 과거 사진 몇 장도 없는 사람이 어디 있겠어, 그치?

돋보이다(튀고 싶지 않아도)

대학 이후 나는 다른 사람과 같아 보이지 않는 것에 지나칠 정도로 집착했다. 학교에서 언제나 다른 애들과 같아 보이려 했던 것에 대한 반발 작용이었다. 함께 어울리고 호감을 사고 괴롭힘을 당하지 않으려고 나는 '쿨한' 친구들처럼 입어야 한다는 압박감과 걱정에 시달렸다. 학교 환경에서 해방되자 나는 내가 했던 일들에 화가 나서 다시는 그렇게 행동하지 말아야지 하고 다짐했다.

나만의 방식대로 쇼핑하기를 즐기기 시작했다. 나는 자선 상점에 가는 게 좋았다. 왜냐면 세상에 하나뿐인 오리지널 아이템을 고를 수 있으니까. 아무도 같은 옷을 가지지 못하리라 확신할 수 있었다. 나는 술집이나 클럽을 갈 때 혹시 다른 사람이 같은 걸 입고 있을까 봐 가방에 여벌의 옷을 넣어 다니곤 했다(안다, 좀 과하지). 그래서인지 투피스를 고집했다. 만약 누가 나와 같은 윗도리나 아랫도리를 입고 있다면 화장실에서 갈아입을 때 한 가지만 갈아입으면 됐으니까. 드레스 한 벌을 갈아입는 것보다 편했다.

두려움 때문에 튀고 싶지 않았던 내가 일부러 눈에 띄는 옷을 입는다는 게 이상했다. 사람들은 혼란스러워했다(나도 오랫동안 혼란스러웠다). 내가 얼마나 남의 시선을 의식하는 사람인지를 알고 나면 물었다. "왜 다른 사람들이 널 쳐다보는 걸 꺼리면서 그토록 다르게 보이고 싶어 해?"

좋은 질문이다. 나도 최근에서야 클레어와 얘기하다 깨달았다. 나는 옷이 좋았고 나를 표현하는 재밌는 방식이라고 익히 알고 있었다. 하지만 학교에서의 경험으로 인해 그런 나를 밀어냈어야 했다. 나이가 들면서 어느 정도 극복해 나갔다. 하지만 사람들이 나를 쳐다보는 것에 대한 걱정이 무의식 속에 남아 있었고 그건 내가 쉽사리 움직일 수 없었다. 언제나 안에서 흐르고 있었지만 바깥에서는 짐작할 수 없는 것이었다.

옷을 갖고 실험적인 시도들을 하고 싶은 나와
좋아하는 옷을 입었다가 사람들에게 평가받을까 봐
두려운 나 사이의 끊임없는 전쟁이었다.

모두가 내 이미지에 참견하다

내가 입는 것과 보여지는 모습이 다른 사람들이 간섭할 거리가 된다는 걸 처음 알게 되었을 때 크게 놀라웠다. 대부분의 직업에서는 무엇을 입고 머리를 어떻게 스타일하는지는 전부 직장과 관련이 있다. 일하는 데 괜찮아 보인다면 괜찮은 것이었다. 하지만 음악 산업에서 걸음마를 떼던 시기에 나는 다른 사람들이 **아주 강한** 의견을 가질 수 있다는 걸 깨달았다. **환상적이네.**

이해하기가 어려웠다. 옷과 머리는 오랜 시간이 걸려 다른 사람이 아닌 **나**를 위해 부리게 된 작은 사치였다. 더는 내 의상과 머리에 대한 사람들의 생각에 개의치 말자고 다짐했었는데, 업계로 들어서자 사람들은 내가 변해야 한다고 말하기 시작했다.

스무 살, 첫 미팅에서 사람들은 '더 펑키 글래머러스하고 덜 스포티하게, 청바지와 운동복은 입지 마'라고 말했다. 내가 사랑하는 자선 상점 점퍼를 더 이상 입어선 안 됐고 '아티스트답게 보이도록' 노력해야 한다고 했다. 화려한 의상을 구해 오라는 기획사의 명령에 매니저와 쇼핑 투어에 나서야 했다. 빈티지 숍에 가게 해 줘서(최소한 여기에는 가겠다고 내가 우겼다) 재밌었지만 노골적으로 '섹시한' 그 의상들은 나 혼자였다면 고르지 않았을 거였다. 빨간 미니 드레스, 브래지어와 속바지가 훤히 들여다보이는 검정 메쉬 티셔츠 드레스. (아아…)

미팅 전에는 이 모든 것을 상기시키는 이메일을 받았다. "넌 멋져 보여야 해. 두꺼운 아이라이너와 빨간 립스틱을 발

라. 스타처럼 보여야 해." 비슷한 시기에 등장한 여성 아티스트들을 둘러보며 생각했다. '이런 젠장. 쟤들처럼 보여야겠구나.' 그들은 정말로 멋지고 굉장히 섹시하고 화려했다. 다만 나에게는 어울리지 않으리란 걸 알았다. 그래도 여성 아티스트같이 보이고 유명해지기 위해서 해야만 하는 일이라고 생각해서 했다. 그런고로 처음에 말했던 그 사진을 찍게 된 것이다.

성공하려고 노력하는 시기에 업계 사람들과 언쟁을 벌이기란 어려운 일이었다. 특히 내가 정확히 누구인지 아직 알지 못했을 때였다. 나는 어렸고 모두가 나를 사랑해 주길 바랐다. 함께 일하기 까다로운 사람으로 알려지길 원치 않았고 청소년기 불안정성이 다시 찾아왔다. 다르게 입고 싶었지만 사람들이 나를 좋아하지 않고 뒤에서 바보 취급할 것이 두려워 그들이 원하는 대로 입었다. 다시는 신경 쓰지 않겠다고 마음먹은 유일한 다짐이 산산조각이 났다. 힘든 시기였다. 그들이 나를 스타일링하는 방식이 옳지 않다고 느꼈지만 나보다 더 잘 알 거라고 생각했다. 그래서 따르기로 했다.

　나름대로 노력해 보긴 했다. 한번은 이메일을 보내 내가 갖고 싶은 이미지가 어떤 것인지 설명했다. "내가 오늘 본 여자애 스타일이 맘에 들어요. 많은 목걸이와 가죽 재킷, 나이키 에어 포스 1"이라고 썼다. 그들의 답장? "흐음… 느낌은 괜찮지만 그건 아닌 듯"이라며 묵살했다. *짜증 난다.*

우스꽝스러운 머리를 가진 사람이 되기
(왜 내가 좋아하는지)

나는 항상 내 머리를 가지고 여러 가지 시도를 해 왔다. 옷 고르기와 관련하여 고통받던 십 대 초반부터 시작된 것 같다. '그래, 너희들이 씹을 거리를 줄게'라고 생각하며 머리에 미친 짓을 해 댔다. (원래는 밝은 갈색이었다.) 내가 입은 옷보다 온갖 특이한 색으로 염색한 내 머리를 보라고 첫 시도로 금색과 적색 브릿지를 했다. 역겨웠지만 약간 반항적인 느낌을 주는 것도 같아서 난 좋았다. 학교에서는 염색이 허용되지 않아서 곤경에 빠졌다. 그것도 좋았다.

대학교에 들어가서 색상을 테스트하기 위해 모델을 구하고 있던 헤어 디자이너를 만났다. 딱이었다. 내 머리를 수도 없이 바꿀 수 있었고 돈을 지불해야 하지도 않았으니까. 원-원이지. 그때부터 우스꽝스러운 머리를 가진 애로 알려졌고 내겐 안성맞춤이었다.

나는 머리가 마음에 안 들면 자르거나 염색하면 된다는 사고방식을 가졌다. 어려운 일이 아니었다. 주위 사람들은 그들의 머리를 엄청 소중하게 생각했는데 난 그러지 않았다. 순간의 선택으로 바꿀 수 있다는 점이 매력적으로 느껴졌고 루디멘탈과 노래하면서 머리를 바꿔 나갔다. 살구색, 갈색, 보라색, 분홍색 등 여러 가지 색상으로 염색했고 짧은 머리부터 딿은 머리까지 모든 실험적이고 독특한 헤어스타일을 해 봤다. 무척 재밌었다.

그런데 솔로 가수가 되고 나서 내 레이블사는 내게 "금발로 염색하고 같은 기장으로 통일해야 돼"라고 말했다. 내가 머리 모양을 계속 바꿔 나가면 사람들이 나를 알아보지 못한다는 이유에서였다. '누가 나한테 할 수 있는 최악의 말이야. 내 머리는 내 자유라고.' '2002'와 'Friends'를 찍던 시기는 그래서 힘들었다. 난 정말이지 머리를 자르고 온갖 색상으로 물들이고 싶었다. 〈Speak Your Mind〉 앨범 홍보를 마치고 나서 나는 이후에 발매할 모든 노래마다 다른 색으로 머리를 염색하고 싶었다. 대차게 **까였다**. '알았다고. 그럼 딱 한 가지, 분홍색으로 염색할게. 내 새로운 헤어 컬러는 앞으로 분홍색이야'라고 생각했다. 또 교활한 술수도 부렸다. '여기에 관해 노래에 적어 둔다면 허락하지 않는다는 말은 하지 못하겠지'라고 생각해서 'Birthday'(친구들한테 놀러 오라고 말했어/내 머리 염색하러)와 'To Be Young'(머리를 백만 가지 색상으로 염색하고/1조 원을 벌겠다는 꿈)에 가사를 썼다. 나는 내 머리 색깔이 분홍색인 게 마음에 들었다. 아주 멋진 색상이다. 하지만 내가 결정할 권한이 있었다면 매주 다른 색깔로 바꿨을 거다.

가능하다면 머리 스타일의 자유를 누려라. 참신한 컷과 컬러를 실험해라. 다시 자랄 테니 조금이지만 싹둑 잘라 내기도 하고 지워질 테니 반영구적인 색을 입혀라. 머리를 새롭게 하는 건 즐겁고 해방감이 느껴지는 일이다. 언젠가 우스꽝스러운 머리를 가진 앤 마리로 돌아올 것이다.

진정한 이미지를 찾아가는 길

내가 출세함에 따라 내 옷과 스타일을 조금 더 주장할 수 있게 되었다. 효과가 있는 것과 아닌 것을 찾아내서 간단히 제거하면 됐다. 첫째로 나는 구두를 신고 공연할 수 없어서 구두랑은 '바이—바이'했다. '나중에 봐. Ciao adios.' (내 노래에서 차용했을까?) 다음으로, 공연 중 무대 가장자리에 앉았다 일어선 적이 있다. 그때 내 엉덩이가 만천하에 드러났다. 누군가가 그걸 녹화해서 나중에 보게 되었다. 암, 인터넷의 눈부신 점이지? (하하, 제발 그 비디오를 찾지 말아 줘.) '알겠어. 다신 치마 쪼가리 따위를 입지 않을 거야.' 그리고 내가 입지 않아도 되는 종류의 옷들을 하나둘 거르기 시작했다.

공연하고 노래할 때가 아니면 나는 나로서 내가 입고 싶은 옷을 고르는 데 스트레스가 없었다. 예를 들어, 열여덟 살 때부터 나는 양말과 함께 슬리퍼를 신어 왔다(클레어가 무척 놀리는 일이다). 나만의 취향이었다. 하지만 내 첫 매니지먼트 팀은 아티스트로서 내가 입고자 했던 오버사이즈 점퍼, 양말과 샌들에 퇴짜를 놓았다. 그건 무조건 탈락이었다.

계속 스타일리스트들에 내가 입고 싶은 옷에 대해 말하려 했지만 힘들었다. 늘 갈팡질팡했고 너무 혼란스러웠다. '왜 내가 입어서 행복한 걸 입으면 안 돼? 이걸 입는 사람은 나라고!' 내 의상이 마음에 들지 않는다고 말할 때조차 나는 "너 **멋져 보인다**"라고 말하는 사람들에 둘러싸여 있었다. 그럼 그들이 선택한 의상이야말로 내게 맞는 옷이라고 스스로 납득하곤 했다. 나의 직감을 믿지 않고 순종적으로 나처럼 느껴지지 않는 의상을 입었다. 휴. 쓰면서조차 진짜 **열이 받는다**. 내가 조금 더 고집스러웠다면 좋았을 텐데.

'싫다'는 말을 하기까지 참 오래 걸렸다.

나의 스타일은 나의 취향이고 내가 좋은 모습으로 만들어 가야 한다는 걸 깨달았다. 그리고 나를 진짜로 '이해해 주는' 다른 스타일리스트와 일하기 시작했다. 원래 스타일리스트와의 대화는 이런 식으로 흘러갔다:

나: 양쪽 다 오버사이즈인 투피스를 입고 양말과 슬리퍼를 신고 많은 보석을 차고 선글라스를 쓰고 싶어요.

스타일리스트: 오우… 알겠어요. 그거 좋죠. 근데 이 드레스를 입고 이 구두를 신으면 몸매가 부각되서 더 멋지다고 생각해요.

나: 아….

너무도 오랫동안 나는 내게 진실로 느껴지고 내가 입고 싶은 것—헐렁하고 톰보이시한 자선 상점 스타일—을 입는 게 여성 팝 스타로서 '마땅히' 보여 줘야 할 좋은 모습이 아니라고 믿었다. 하지만 결국에는 인정하게 됐고 이제 나는 나에게 맞는 옷을 입는다. 나는 자신감 넘치고 이게 바로 나라고 느낀다.

내가 끝내주게 보이는 복장

> 운동복
> 운동복
> 운동복
> 운동복
> 음… 다른 운동복?

내 몸에 어울리는 옷 찾기

스타일에 있어서 다른 사람들을 따라 하는 게 아니라
나와 내 체형에 어울리는 옷을 아는 게 중요하다.

우리 모두가 그러하듯이 온라인 쇼핑할 때 사진만 보고
사는 내 모습에 죄책감이 느껴진다. 모두 알다시피 모델이
입은 게 멋져 보이면 그걸 산다. 물건이 배송되고 입어 보니
감자 포대가 눈앞에 있는걸. 이런 일이 벌어졌을 때 내 잘못
이 아니란 걸 아는 데 **엄청 오래** 걸렸다. 내가 보는 모델들
과 나는 다른 체형을 가졌을 뿐이었다. 그들에게 어울리는
옷이 나한테는 어울리지 않을 수 있었다. (그 반대도 마찬가지
이고.) 그리고 **그건 괜찮다.**

우리는 모두 다른 체형을 가졌다. 정확하게 표현하자면
여기 80억 개의 다른 그림들이 있어야 한다. 우리 **각자의 몸**
은 다르다. 특정한 카테고리에 치우칠 수도 있지만 완벽히

우리의 몸을 나타낸 그림을 찾을 가능성은 없다. 우리가 아닌 누구도 우리의 몸을 갖지 못한다! (그런 의미에서 근래에 한 사람이 소셜 미디어에 우리가 모두 똑같은 다이어트를 하고 똑같은 운동을 해도 다르게 보일 수밖에 없다고 지적했다. 그런 셈이다.)

이걸 이해하고 나자 내 옷장은 내게 어울리는 옷들로 가득 채워지기 시작했다. 예시를 보자. 전에 나는 나에게 하이 웨이스트 바지가 어울린다고 생각했다. 그런 생각이 들자 나는 사진 촬영 시 스타일리스트들한테 허리 아래로 내려오는 바지들을 가져오지 말라고 했고 나 스스로도 그런 바지를 더는 사지 않았다. 나에게 어울리지 않는 스타일들을 편집하고 잘라 가는 점진적인 과정이었다. 마침내 지금에 이르러 내 옷장에는 나에게 어울리지 않는 바지가 하나도 없다. **전부** 하이 웨이스트거든. *빙고.*

내 몸이 문제라 옷이 나한테 안 받는다고 생각하곤 했다. 잘못된 생각이었다. 이런 부정적인 혼자만의 생각을 걸러내는 데까지 오래 걸렸다. 다른 사람에게 어울리는 옷이 나한테 어울리지 않는다고 해도 **괜찮았다.** 너에게 어울리지 않는 옷을 알아낸다는 건 대신에 너에게 어울리는 옷을 알아간다는 뜻이다. 급할 것 없으니 그대로 계속 알아가 봐라.

나와 어울리는 스타일

바지: 배꼽 위로 올라오는 하이 웨이스트, 제발.
상의: 배기, 배기, 배기 티셔츠
목선: 어깨가 드러나는 각진 트임
드레스: 드레스를 꼭 입어야 한다면 허리를 조여 줄 것. 일자로 떨어지거나 허리가 느슨한 드레스는 안 어울린다.
치마: 허벅지를 반쯤 가리는 짧은 기장. 그보다 길면 안 예쁘다.
신발: 언제나 슬리퍼. 구두를 신어야 한다면 발목 위로 한 바퀴 감은 끈이 있는 통굽으로.
장신구: 크고 묵직한 금

당신에게 어울리는 스타일

바지:

상의:

목선:

드레스:

치마:

신발:

장신구:

좀 더 섹시하게 입기(내가 원해서)

나는 주로 톰보이 스타일을 즐겨 입는다. 이유 없이 그런 종류의 옷을 입었을 때 내가 최고로 멋져 보이고 가장 편안하게 느껴진다. 한편 '섹시하게' 보이는 것과 관련해서는 조금 거부감이 느껴진다. 누구도 나를 그런 식으로 보지 않았으면 했다.

나는 어떤 대상으로 보이고 싶지 않았다. 한 명의 인간으로 보이고 싶었다. 그런 태도가 옷을 고를 때 당연히 반영됐다. 나쁘진 않지만 그건 부정적인 접근이었다. 내가 좋아하는 옷을 입었지만 은폐의 의도가 확실히 없지는 않았다.

내가 내 몸을 좋아하지 않아서 나는 사람들이
내 몸을 보는 걸 원치 않았다.

어렸을 땐 브리트니나 크리스티나 같은 가수들을 좋아했는데 나는 아티스트로서 그들처럼 입지는 않았다. 나는 핑크의 스타일이 좋았다. 그녀가 톰보이라서 친근하게 느껴졌다. 하지만 그녀는 동시에 섹시하고 파워풀했다. 핑크 덕분에 나는 아티스트로 성장할 수 있었는데 그녀를 보며 특정한 방식으로 입지 않아도 여성 가수가 **될 수 있다**고 생각했다. 그녀와 아델, 에이브릴 라빈과 같은 가수들은 여성 아티스트로서 보여 주길 기대하는 틀에서 벗어났고 난 그걸 보고 자신감을 얻었다. 비록 혼자만의 싸움은 해야 했지만.

시간이 지날수록 나는 내 몸에 **훨씬** 만족했고 내가 입는 옷의 종류가 조금씩 달라졌다. 때로는 '더 섹시한' 옷들을 입어도 편안하게 느껴졌고 심지어 '한평생 이 모습일 수도 없는데 차라리 지금 다 보여 줘 버리지 뭐'라고 생각하게 됐다.

사람들을 기쁘게 하기 위해서가 아니라 나의 몸을 받아들이고 내 방식대로 자랑하는 거라서 행복한 느낌이었다. 나는 나 자신을 위해서 그런 결정을 내린다. 불쑥 내일 좀 더 섹시해지고 짧은 스커트 같은 걸 입어야겠다고 생각해도 괜찮은 결정이다. 내가 *하고 싶어서* 난 그걸 입고 싶다. 사람들이 생각하는 내 외모에 대해서도 훨씬 덜 신경 쓰게 됐다. 결과적으로 나는 내 자신을 더 이상 감추지 않는다. 내가 입고 있는 것에 대해 누군가는 **끝까지** 할 말이 있을 거다. 사람들은 내가 운동복을 입으면 "침대에서 막 나왔니?"라고 말하고 노출이 많은 옷을 입으면 더 껴입으라고 말한다. 상대방의 인정을 구하려고 옷을 입으면 *절대* 이길 수 없다. 소용없으니까 아무거나 입고 싶은 걸 입어라.

아직 섹시한 모습에 준비가 되지 않았다면 그것도 **괜찮**다. 나는 절대로 **영원히** 당신의 몸과 당신의 옷을 어떻게 해야 한다고 말하지 않을 거다. 그 누구도 그래선 안 된다. 때때로 섹시하게 입으면서도 편안함을 느끼는 게 마냥 행복하다. 당신도 마찬가지라면 멋진 일이다. 절대 섹시하게 입고 싶지 않아도 멋지다. **네가 하고 싶은 일을 해라.** 진정성을 갖고 옷을 입었으면 좋겠다. **당신**이 원해서 입어 **당신**이 행복해졌으면 한다.

화장과 화해하기

아무도 누군가가 화장을 해서는 안 된다거나 할 수 없다고 말해선 안 된다.

화장을 하고 싶으면 해라.
다시 말하지만 원한다면.

화장은 예술과 같다. 내가 아는 많은 메이크업 아티스트들은 화장 교습법을 공부하고 자기표현에 주안점을 둔다. 이런 점에서 볼 때 화장은 멋진 일이다. 화장을 통해 무수히 많은 다른 모습이 태어나고 그 과정은 창조적이다.

화장의 문제점은 스스로를 좋아하지 않을 때 생긴다. 몇 군데 가리고 싶거나 속눈썹을 길게 하고 싶을 때는 물론 괜찮다. 그렇지만 필터를 쓰면 정말로 부정적인 영향을 받는다. (완전 다른 이야기다.)

완벽을 너무 숭배하다 보니 너무도 부정적인 영향을 받았고 무엇이 정상인지 객관적으로 판단할 수 없었다.

앱과 잡지에서 사람들은 매우 매끄럽고 흠잡을 데 없어 보인다. 실생활에서는 **아무도** 그렇게 생기지 않았다. 불가능하다. 하지만 네가 보는 모습이 그것뿐이라면 어떤 모습으로 보여야 하는지에 관해 뒤틀린 관념을 가지는 게 이해는 간다. 사람들은 그들 자신으로 보이는 것을 두려워하기 시작했다.

나 또한 그랬기에 안다. 나는 좋아하지 않는다는 이유로 화장을 해서 내 얼굴을 감추려고 했다. 타고난 내 모습이 아닌 다른 얼굴로 비쳤으면 해서 화장을 했다. 같은 이유로 두꺼운 검정 아이라인을 그렸다. 루디멘탈과 함께하던 시절에 친구들은 두고두고 관중들이 내가 눈썹 그리기만을 기다린다고 농담했다. 눈썹과 아이라이너는 나만의 두 가지 '재료'였다. 나의 진짜 얼굴을 보는 대신에 화장에 시선을 빼앗기도록 시간을 들여 한 겹 두 겹 화장을 두껍게 칠했다.

종국에는 '너무 오래 걸리고 스트레스받아. 화장기 없는 내 얼굴을 사랑하도록 해야겠어'라고 생각했다. 시간이 조금 걸렸지만 마음가짐을 고쳐먹고 점점 더 화장을 옅게 하기 시작했다. 요새도 난 화장을 하고 화장을 **사랑한다!** 선글라스나 신발처럼 의상에 느낌을 더해 주는 액세서리 같은 립스틱을 사랑한다. 하지만 그걸 발라야지만 아름답다고 느끼지는 않는다. 나는 화장을 했든 안 했든 관계없이 편안하다. 기분은 화장에 상관없이 최상이었다가 최악이기도 하다. 인정하건대 하룻밤에 이루어진 과정은 아니었다. 화장의 보호막 없는 내 얼굴을 좋아하기까지 긴 시간이 걸렸다.

그러니 화장을 하든 안 하든 마음대로 해라. 선택할 수 있다. 다만 **필요하다**고는 느끼지 마라. 꼭 필요하지는 않다.

다른 사람들의 얼굴과는 다른
유일무이한 네 얼굴이 멋지다.

누구에게나 여드름이나 점이나 상처가 있을 수 있다. 그건 매우 아름답다. 화장이 있든 없든 관계없이 스스로의 아름답고 특별한 얼굴을 자랑스러워하면 좋겠다.

영감을 주는
인스타그램 화장 계정 10개

@sirjohn

@nikki_makeup

@nyxcosmetics_uk

@monaleannemakeup

@lady0pal

@kickiyangz

@vabenexttdoor

@laurelcharleston

@mimles

@rowisingh

자신감이 없을 때… 알아 둬라!

스타일의 많은 부분은 설명하기가 실로 어렵다. 보거나 만져지는 게 아니라 내면으로 느끼는 방식이다. 자신다운 옷을 입었다 느낄 때는 행복함이 차오른다. 자신답지 않다 느낀다면 똥 같은 기분이다.

만일 보이는 모습에 자신감이 없다면 스스로에게 물어보자: 왜 이런 기분을 느끼니? 네가 안 좋아하는 게 간지러운 윗도리니? 좀 이상하게 떨어지는 모양의 바지니? 드레스의 색깔이 걸리니? 옷 때문에 일어나는 감정에 솔직해지고 거지같이 느끼게 하는 옷들을 제거해 나가자. 매일 입는 옷에 백 퍼센트 자신에 차 있을 때 집을 나서자. 편안한지 확실히 해 두자.

스스로 느끼는 감정이 옷에 대한 자신감을 찾는 비결이다. 감정은 **모든 걸** 움직인다. 의상에 만족하지 않은 채로 무대에 오르거나 평범한 일상을 지내다 문밖으로 나갈 때 사람들이 어떻게 생각할지가 너무 걱정됐다. 최고의 공연을 선보이는 데 방해가 됐다. 내가 불필요하게 공격적일 때는 항상 '나'답지 못한 의상을 입었을 때였고 그게 바로 내가 오랫동안 얘기하려던 거였다.

투어 매니저는 내가 아는 최고의 사람 중 한 명이다. 그는 말 그대로 모든 걸 내게 말해 줘서 멋지고 좋다. 우리는 스타일링에 관한 얘기를 많이 하는데 한번은 그가 말했다. "네가 알았으면 해서 말하는데, 너의 인스타그램을 보면 네가 스타일했는지를 알겠어. 훨씬 좋아 보여." "그래." 그거다. 이제는 안다. 내 안의 자신감을 쌓아 올렸다. 당신도 할 수 있다.

본연의 스타일을 갖는 비결

다른 사람들이 하는 생각에 관심을 적게 두면 된다.

간단하다, 그렇지? **아니.** 이걸 말하고 또 말해도 사람들은 도무지 알아듣지를 못한다. 나도 똑같았다. 지금껏 명문장에서 이런 말들을 읽었지만 조금의 차이도 만들어 내지 못했다가 어느새 이해가 갔다. 어느 날 머릿속에 버튼을 누르듯이 '오, 그렇군' 싶었다. 스스로 깨쳐야 하지만 거기까지 도달할 수 있게 내가 지겹도록 떠들겠다.

당신에 대해 사람들이 어떻게 생각할지,
염려를 덜어 내면 자유가 온다.
걱정에서 벗어나 삶이 진짜 당신 것이 된다.

당신이 원하기 때문에 당신이 원하는 어떤 것을 결정해라. 다른 사람들의 생각에 기초하여 결정하지 마라. 내가 얻은 가장 큰 교훈이다.

당신이 사랑하는 것에 맞춰라. 친구들과 비슷한 옷을 입을지라도 본인만의 고유한 무언가를 더해라. 큰 귀걸이일 수도 있고 니하이 양말일 수도 있고 다른 헤어스타일일 수도 있다. 진짜 *너*인 면을 확보해라. 그렇게 **즐기다 보면** 감쪽같이 자신감이 생길 거다.

우리는 다른 사람과 다른 인간이다. 그걸 활용하자. 내면이 어떤 사람인지를 스스로는 알고 있다. 자신의 스타일의 주인이 되자: 하고 싶은 걸 해라. 다른 사람들이 입은 것을 생각하지 말고 다른 사람들의 머리가 어떻게 보이는지 생각하지 마라. 뭔가 하고 싶다면 당장 해라!

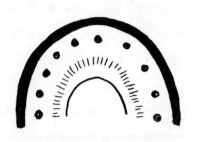

가장하고 연기할 시간이 없다. 보이는 게 다다.

온라인 생활하기, 진정성
그리고 소셜 미디어와 건강하게 함께한 경험담

2014년 루디멘탈과 투어를 다닐 무렵 난 머리를 정말 짧게 잘랐다. 난 그 스타일이 좋았고 나에게 정말 잘 어울린다고 생각했다. 내 친구들도 전부 멋지다고 했기 때문에 난 인스타그램에 새로운 헤어스타일을 올리기로 했다. 루디멘탈의 팬들이 나를 팔로우 하기 시작했기 때문에 그 전보다 더 많은 팔로워가 생긴 상태였다. 하지만 내가 소셜 프로필을 대하는 방식에는 아직 변함이 없었고, 늘 하던 대로 친구들과 가족들만 나를 팔로우 할 때와 똑같은 것들을 올리곤 했다. 소셜 미디어상에서 이미 나에 대해 얼마나 많은 것들이 바뀌었는지 알지 못했다.

흥분해서 사진을 올리고선 몇 시간 동안 잊고 있었다. 그리고 밤이 되어 클레어네 집에서 댓글을 읽기 시작했다. 대부분 댓글은 괜찮았지만 내 새로운 헤어스타일을 싫어하는 사람들이 꽤 있었고, 내가 그 사실을 알아야 한다고 생각했는지 "뭔 짓을 한 거야?!"라는 글을 적어 놓았다. "다시 머리를 길러라"라는 댓글, "너 남자애같이 생겼어"라고 하는 사람도 있었다. 믿을 수가 없었다. 배에 한 방 맞은 거 같았다. 사람들이 왜 이렇게 무례하지? 난 엄청 울었고 내 머리가 예뻤다고 생각했기 때문에 큰 타격을 받았다. 댓글을 다는 사람들이 누군지 모른다 하더라도 그들이 보기에 내가 얼마나 후져 보이는지 읽는 것은 지독한 일이었다.

나에게 있어 그건 터닝 포인트가 되었다.
그때 이후로 내 온라인 생활이 바뀌었다는 걸 깨달았다.

난 이제 다른 사람들의 의견 없이는 아무것도 할 수 없었고 나에 대해 의견을 나누는 것은 그들의 신성한 권리라고 믿었다. 처음에는 그런 직접적인 비판들이 익숙지 않았기 때문에 슬펐고, 결국 나는 엄청 불안정하고 민감해졌다. 그리고 부정적인 댓글들을 읽자마자 내 새로운 헤어스타일을 의심하게 됐다. 모르는 몇몇 사람들의 말 좀 들었다고 그렇게 빨리 바뀌다니.

클레어 집에 머무른 그날 밤, 그녀는 내 기분을 나아지게 하려고 최선을 다했다. "어떤 사람들은 그냥 무조건 부정적인 생각을 가질 거야. 그냥 두꺼운 벽을 세우기만 하면 돼." 그녀가 말했다. 그게 맞았다. 사람들은 이제 온라인상에서 나에 대해 원하는 대로 말하기 시작했고 내가 바꿀 수 있는 건 아무것도 없었다. 난 두껍고 강한 벽을 세워 보기로 결심했다.

첫 번째로, 난 안 좋은 댓글들을 털어 내 보려고 했다. 사람들이 나에 대해 부정적으로 글을 올릴 때마다 캡처해서 친구들에게 농담식으로 보냈다. 난 그것들이 날 괴롭히지 않는다고(괴롭혔지만), 그냥 웃어넘긴다고(진짜 그렇지 않지만) 보여 주고 싶었다. 그럴 때마다 친구들은 나를 달래 주며 좋은 댓글들을 보내 주고 또 옆에 있다면 안아 주곤 했다. 하지만 내가 혼자 있을 땐 사람들이 올리는 끔찍한 게시물을 마주하기 너무 힘들었다. 왜냐하면 난 그들이 하는 말들을 *믿었기* 때문에.

댓글에 집착하다

겉으로는 단단한 껍데기를 만들고 있었지만 실제 내면으로는 사람들이 나에 대해 온라인에 올리는 글에 계속 영향을 받았다. 커리어의 초창기에는 내 이름을 계속 구글에 쳐 보았다. 유튜브와 인스타그램에 적힌 모든 댓글을 하나하나 다 읽었다. 친구들은 그만 좀 보라고 이야기했지만 어려운 일이었다. 사람들이 나에 대해 이야기하는 모든 것을 알고 싶어 하는 건 자연스러운 일이고 난 거기에 집착했다. 우웩.

특히 나같이 모든 *사람*이 자기를 좋아하길 원한다면 더 더욱 어렵다. 스스로를 해치는 것 같았다. 항상 온라인에 쓰레기를 올리는 사람들이 존재한다는 걸 알고 있었지만 그걸 찾아보는 걸 멈출 수 없었다. 열 가지 좋은 댓글을 읽어도 하나의 안 좋은 댓글을 보면 그 하나에 꽂히게 된다.

(가끔 우리 뇌가 싫어진다. 또 부정적 편향이다. 사실 우리 뇌가 사람들이 하는 긍정적인 평가만 기억하면 얼마나 멋지겠는가? 그럼 걸어 다니면서도 행복하게 사람들이 해 준 사랑스러운 이야기들만 회상하겠지. 봐 봐. '아 맞아, 사람들이 내가 믿을 수 없을 만큼 멋져 보인다고 이야기했지? 역시 난 진짜 끝내줘.' 하지만 이런 일은 절대 없다!)

내가 좋아하는 것을 올렸는데 거기에 나쁜 댓글이 달리면 진짜 열받는다. '그래, 내가 나에 대해 느끼는 게 맞아.' 그런데 난 익명의 괴물들이 옳고 빨리 내가 올린 사진을 지워야 한다고 생각했다. 얼마나 미친 짓인가? 그러나 우리가 좋지 않은 상황에 처해 있고 우울할 때는 스스로에 대해 느끼는 감정을 확인받고 싶어서 찾아보게 된다. 계속 반복이다. 지옥의 피드백 순환에 빠져 버리게 된다.

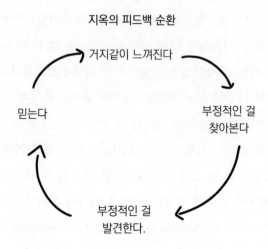

지옥의 피드백 순환

거지같이 느껴진다

부정적인 걸
찾아본다

부정적인 걸
발견한다.

믿는다

감정은 사실이 아니다

내가 더 이상은 그러지 않는다는 것에 감사한다. 더 나이
가 들어가며 치료를 시작하고 스스로에게 좋은 기분을 느
끼게 되면서 다른 사람의 생각은 덜 신경 쓰게 됐다. 특히
개인적으로 나를 모르는 사람들은 더더욱. 그걸 걱정하고
있는 것은 쓸데없는 에너지 낭비다! 내가 나이가 들어간다
는 점에 있어 가장 마음에 드는 건 전처럼 많이 신경 쓸 필
요가 없다는 것이다. 여전히 댓글들을 많이 보긴 하지만 부

정적인 것들을 찾아보지는 않는다.

*사람들의 이야기는 실제로 벌어진 사실이 아니고
그냥 의견일 뿐이라는 걸 깨닫기 시작했다.*

한번 생각해 보라. 보기엔 명백한데 소셜 미디어상에서 댓글들을 읽고 있으면 까먹기 십상이다. 다른 사람들이 얘기하는 모든 부정적인 것들을 또 믿고 있다. 그러다 똑같은 사진에 정확히 반대 의견의 두 댓글을 보고 깨닫게 되는 사건이 있었다. 한 사람은 "통통해 보이네"라고 했고 다른 사람은 "살이 빠졌네"라고 했다. '하!' 난 앉아서 생각에 잠겼다. 잠깐만, 말이 안 되잖아, 안 그래? 어떻게 똑같은 사진을 보고 완전히 다른 이야기를 하는 걸 내가 다 믿었지?

난 **우리**가 정신 건강에 대해 어떻게 매일 대처해 나가야 하는지 점점 알게 되면서 사람들이 온라인상에 올리는 글로부터 거리를 두게 되었다. 익명으로 거짓 온라인 프로필 뒤에 숨는 일은 쉽다. 또 온라인에 그런 글을 올리는 사람들은 실제로도 문제를 가진 사람들이라는 걸 안다. 그들은 내면 깊은 곳에서 스스로를 다치게 하는 불행한 사람들이다. 그들은 그냥 혐오를 뿜어내며 자신도 모르는 사이 다른 사람에게 표출하고 있다. 그렇게 생각하면 안타깝고 그들을 달래 주고 싶다. (너를 뚱뚱하다고 부르는 사람들을 꼭 껴안아 준다고 상상해 봐. 하하.)

하지만 자기의 모든 생각을 온라인에 올려야 하는 사람들의 정신 상태는 아직 이해가 안 되긴 한다. 물론 꼭 좋은 댓글까진 아니더라도 역겨운 댓글들은 아니 '꼭 그렇게 해야만 하니?' 왜 굳이 부정적인 생각을 하고 그걸 꼭 글로 적어야 하는 거야? 왜 너의 끔찍한 의견을 모든 사람이 봐야 한다고 생각해? 난 이해 안 돼. **그래,** 다른 사람에 대한 의견을 가질 순 있지. 근데 소셜 미디어에 올릴 필요는 **정말로** 없어. 특히 어떤 사람을 깎아내리는 거라면.

괴물에게 먹이를 주지 마라

사람들이 **나**에 관한 견해를 가지는 데서 나아가 내가 하는 모든 걸 (그 끝내주는 머리 스타일에 명복을 빕니다.) 좋아하지 않으리란 걸 의식하게 됐고 소셜 미디어에 나의 진짜 반응을 올릴 수 없다고 타협을 봐야 했다.

내가 순간의 열기에 취해 소셜 미디어에 글을 올렸을 때 깨닫게 됐다. 한 여자가 루디멘탈의 최근 영상에 부정적으로 댓글을 달며 이발소에서 촬영되어 '반─백인적'이라고 말했다. 어이가 없었다. 그래서 답글을 남겼다. "스크린을 뚫고 나와서 너에게 한 방 먹여 주고 싶어!" 내가 몰랐던 건 그녀가 임신 중이었단 사실이다. 진심으로. 모두가 득달같이 달려들었다. "오 마이 갓, 앤 마리. 어떻게 임신한 여자를 때리겠다고 말하니?"

'제발 봐 주세요.' 물론 글을 올리기 전에 알지 못했다. 하지만 그런 순간을 겪고 보니 소셜 미디어는 다른 곳이고 현실에서와는 달리 글을 올리자마자 굉장한 반응이 따라온다는 걸 배웠다. 글자 한두 개로 모든 배경을 알 수는 없었고 사용한 어감을 들을 수도 없었다. 그들이 타자를 칠 때 얼굴 표정을 볼 수 없다. 더 이상 나만의 작은 생각들이 아니었다. 사람들은 실제로 관심을 갖고 보고 있었다. 그때 이런 생각이 머리를 관통했다. '아오, 실생활에서 하는 말을 소셜 미디어에서는 하면 안 되겠구나.'

당시에는 화가 났다. 나는 내가 강하게 느낀 점에 대해 노골적으로 말하고 싶었다. 침묵을 강요받는 것처럼 느껴졌다. 과거의 난 꽤 화나 있는 사람이었고 모든 것에 대해 내의견을 밝히길 원했다. 하지만 서서히 온라인에서 이렇게 행동해서는 일이 잘 풀리지 않는단 걸 받아들이게 됐다. 표현하기에 온라인은 항상 알맞은 장소가 아니었고 미묘한 점 (또는 농담들, 하하)들을 이해시키기엔 역부족이었다. 내 의도가 정말 어떤지에 상관없이 사람들은 그들이 받아들이고 싶은 대로 받아들였다. 결과적으로 중요한 점을 배웠다:

소셜 미디어에서 순간에 반응할 필요는 없다.
사실, 그렇게 하지 않는 게 더 좋다.

여기에 관해 훌륭한 문장을 읽었다. "네가 화났을 때 반응하지 마라. 네가 슬플 때 답하지 마라." 전적으로 동감한다. 그래, 어떤 글을 읽고 나서 '뭔데 등신아, 무슨 짓을 하는지 알기나 해?'라고 생각할 수 있다. 하지만 그 반응을 올릴 필요는 없다. 친구들에게 사진을 찍어서 보내고 한바탕 울어 젖힌 후에 잊으면 될 일이다. 어디까지나 내가 화나고 예민한 내용의 글을 올리는 건 아주 희귀한 일이다. 어째서 내 모든 생각을 온라인에 토해 내야 하지?

글을 올리기 전 스스로 물어볼
다섯 가지 질문

❯ 화나거나 열받은 상태인가? 그렇다면 잠시 진정하고 왜 그 감정을 거기에 보이고 싶은지를 고민해라.

❯ 부정적인 내용의 댓글을 다는가? 그렇다면 이유가 뭐지? **진심으로 왜지?** 말해 줄게. 온라인으로 누군가에게 끔찍하게 군다고 네 기분이 나아지지 않아.

❯ 이 댓글을 친구에게 말할 수 있는가? 그들의 얼굴을 직접 보고? 진짜, 할 수 있어? 얼굴 한 대 맞는 건 아니지?

❯ 누가 당신에게 그런 말을 했다면 어떤 기분일까? 정말 행복하고 감사할까? 아니면 상처받고 그 댓글을 벗어나지 못할까?

❯ 유명인에 대해 글을 올리니? 기억해: 그들이 그걸 읽고 거지같이 느낄 수도 있어. 그들도 너처럼 사람이고 감정을 가졌거든.

옛날엔

내가 10대 때는 지금처럼 소셜 미디어가 있지는 않았다. 대신에 우리는 문자를 보내고 MSN과 MySpace에 접속해서 시간을 보냈다. 처음 MySpace가 등장했을 때 너무 *좋았다.* 2000년대 중반에 MySpace는 가장 큰 소셜 미디어 사이트였고 전 세계에서 통했다. 그곳에서 처음으로 친구들과 연결됐고 개인적인 배경을 올리고 테마를 설정했다. 온라인 자아에 인격을 부여하는 일은 재밌었다. 단순히 내 프로필을 보고 사람들이 내가 어떤 사람인지와 어디에 푹 빠졌는지를 알아낸다니 신기했다. 아, 순수했던 시절이여…

그러다 MySpace가 '최고의 친구들' 코너를 도입했을 때는 엄청 화가 났다. 내 페이지에 최고의 친구 여덟 명을 뽑는 구간이었는데 그건 *야만적*이었다. 다른 사람들의 최고의 친구들을 보면서 나도 누군가의 최고의 친구들인지를 끊임없이 걱정하고 궁금해했으며 아니면 슬퍼했다. 처음으로 인터넷이 개인적으로 다가왔다. 그전엔 온라인 세계를 나와 철저히 분리된 공간으로 느꼈다. 무언가를 찾으러 들어가는 공간이었지 나와 관련이 있다거나 '내'가 온라인에 존재하지도 않았다. 하지만 그렇게 모든 게 시작됐다.

늙어서 좋은 점도 있다. 왜냐하면 원래는 핸드폰에 그렇게 중독되지 않았기 때문이다. 십 대를 거치며 늘 핸드폰을 갖고는 있었다. 유달리 내 노키아 3310이 그렇게도 자랑스러웠다. (나는 언제나 최신이고 최고의 핸드폰을 원했다.) 그때와 지금의 차이점은 그때는 스마트폰이 아니었단 점이다. 예전 핸드폰에서는 인터넷을 쓸 수 없었고 앱이란 것도 없었고 소셜 미디어는 핸드폰으로는 접근할 수 없는 새로운 무엇이었다. 그리하여 우리의 핸드폰은 문자를 보내고 전화를 하고 스네이크Snake 게임을 하는 것 따위가 전부였다. 밖에서 핸드폰을 한 번도 보지 않은 적도 있다. 놀랍지? 나도 안다! 아직도 그때 친구들 몇 명과 술집에 가고 아무도 핸드폰을 안 보던 시간이 그립다. 나와 내 친구들은 이걸 알아서 함께 시간을 보낼 때 최대한 핸드폰을 멀리하려고 노력한다.

왜 소셜 미디어가 세상을 나은 곳으로 만드는가

우리를 위해 소셜 미디어가 해 준 놀랄 만한 일들이 많으므로 축하해야 한다고 생각한다. 너무도 자주 미디어(우리도!)는 부정적인 면에 초점을 맞춰 왔다. 소셜 미디어가 베풀어 준 멋진 일들에 대해 까먹곤 한다. 세상은 이것 때문에 더 나은 곳이 되고 좋은 면이 안 좋은 면보다 **훨씬 많다**.

사회적 행동주의

이전에는 목소리를 낼 수 없던 사람들에 목소리를 되찾아주었다. 미디어는 세상을 바꾸어 나가고 있다. '흑인의 생명도 소중하다'와 미투와 같은 캠페인을 보면서 소셜 미디어의 영향력이 아니었다면 이렇게 많은 주목과 파급력이 없었을 거라고 생각했다. 전 세계의 개인을 연결하고, 다른 곳에서 부각되지 못했던 이슈를 전파하고 중요한 것에 대해 영상 증거를 올릴 수 있다. 우리의 도덕적 잣대는 더 좋은 방향으로 바뀌고 있다.

'흑인의 생명도 소중하다'와 같은 캠페인과 이야기에 노출되는 건 멋진 일이며 더군다나 이러한 사안의 중요한 점은 실생활에 변화를 가져다준다는 점이다. 온라인에서의 행동—게시글에 좋아요를 누르고 지지한다는 댓글을 다는 것—으로는 충분하지 않다. 우리는 실제 삶에 동참하여 진정한 변화들을 만들어 내야 한다. 나는 언제나 내가 함께 작업하는 팀과 만드는 뮤직 비디오가 다양성을 가지고 대변적이기를 확실히 하려고 최선을 다해 왔다. 인종 차별주의는 내가 소셜 미디어와 실생활에서 목소리를 내기가 결코 두렵지 않은 분야이다. 인종 차별주의와 관련된 논쟁에서 다른 여지란 있을 수 없고 잘못됐을 뿐이다.

2020년 여름에 나는 BLM('흑인의 목숨도 소중하다'라는

Black Lives Matter의 약어) 시위에 참여하러 런던에 갔다. 놀라운 경험이었다. 나만큼이나 확고하게 느끼는 수천의 사람들에 둘러싸여 동일한 기치 아래 하나가 되었고 힘을 실어 주었다. 무척 감정적인 기분이기도 했다. 아래의 비디오를 보다 보면 알게 될 것이다. 대대적인 시위는 계속되었고 세계에 종종 긍정적인 변화들을 불러일으켰다. 작게나마 참여할 수 있어서 영광이었다.

몸 긍정성

내가 좀 더 어렸을 땐 말라야 한다는 생각과 남자친구를 사귈 생각밖에 안 했다. 잡지에서 봤던 다양하지 않은 모든 사진들—마르고 백인인 모델들—도 도움이 되지 않기는 매한가지였다. 상점에는 큰 사이즈의 옷도 많이 없었다. 폭넓은 환경이 아니었고 여자 몸이 어떻게 보여야 하는지에 대해 좁은 시야를 가졌다.

가지기 어려운 신체 이미지에는 인스타그램이 더 많은 해답을 가지고 있지만 인스타그램이 그걸 만들어 낸 건 아니었다. 요새 사람들은 필터 없이 몸 사진을 많이 올린다. 솔직함의 힘을 익히 잘 알게 되어서 임신선이나 뱃살과 여드름 사진들을 올린다. 예전엔 그런 사진들이 있는지조차 몰랐는데 우연히 어떤 사람이 가감 없이 그녀의 배 사진을 올려놓은 걸 보고 나서 생각했다. '완전 멋진데!' 정말 도움이 됐다. 전체로 보면 이런 사진들을 올려놓는 건 긍정적인 일이고 완결성은 미신이자 우리는 모든 체형과 신체 사이즈를 받아들여야 함을 깨닫게 한다.

몸에 관한
긍정적인 인스타그램 계정 10개

@charlihoward   @chessiekingg

@stephanieyeboah   @celestebarber

@harnaamkaur   @theslumflower

@ariesmoross   @i_weigh

@bryonygordon   @iamishauntay

정신 건강

오해하지 마라. 여전히 갈 길은 멀지만 소셜 미디어는 정신 건강에 대한 오명을 벗기는 데 대단히 공헌했다. 소셜 미디어가 있기 전엔 기분이 우울하거나 초조하면 같은 감정을 느끼는 사람을 찾아 헤맸다. 힘겨운 시간을 보내는 사람이 가까이에 있는 사교 모임에 속한 사람이 아닌 한 어떻게 그것에 대해 말하는 게 가능했을까? 하지만 지금은 잘 헤쳐 나가도록 이해하고 지지하고 도와주는 사람과 기관에 연결함으로써 정신 건강 그룹과 일반인들이 온라인과 소셜 미디어에서 돕는 데 큰 효과를 발휘했다.

정신 건강에 관해 채팅하는 걸 받아들이는 데에도 큰 변화가 있었다. 힘들어하는 사람들은 느끼는 바를 인정했다간 부정적으로 평가받는다고 느껴 왔다. 매스컴은 정신 건강에 관해 비협조적이고 이해 없는 시각으로 보도했다. 현재는 수많은 사람이 그들의 정신 건강 문제에 대해 당당히 털어놓고 있어서 다행히도 전보다 덜 오명을 쓰게 되었다. 더 많은 사람이 얘기할수록, 얘기를 꺼내는 게 덜 창피해진다. 소셜 미디어한테 고마운 점이지.

교육

학교에서 **배운** 것보다 훨씬 많은 걸 소셜 미디어에서 배웠다. 솔직히 어렸을 땐 세상이 어떤 곳인지 하나도 몰랐다. 빌어먹을 지도가 어떻게 생겼는지도 뭐가 어디에 붙어 있는 지도 몰랐고 나의 작은 장소를 벗어난 것들에 무지했다. 소셜 플랫폼에 다른 사람들이 올린 글을 보고 기자들이 취재한 기사의 내용을 읽고 온라인으로 나만의 조사를 해서 세상에 관한 중요한 사건이나 뉴스를 더 알게 됐다. 여러 커뮤니티와 여러 사람들과 통했고 역사와 지리와 정치에 관한 글들을 읽었다. 미처 알지 못했던 분야였고 소셜 미디어가 아니었더라면 알지 못했을 것이다. 내 마음이 열렸다.

요새 사람들은 모든 것에 대해 더 많이 교육받았으므로 소셜 미디어 덕분에 미래가 기대된다. 신문에 적힌 그대로의 사실을 믿지 않으며 도전하지 않고는 견해를 받아들이지 않는다. 주체적으로 세상이 돌아가는 걸 배우고 행동을 취한다. 그래서 나도 행복해졌다. 더 어린 세대가 세상을 바꿔 놓는 날이 올 것 같아서.

우리가 싸워야 하는 온라인의 부정적 측면

모두가 옳은 방법으로 소셜 미디어를 이용하는 게 가장 아름다웠으리라. 하지만 명백히 그렇지 않고 많은 사람들에 걱정을 지피는 장소로 여겨진다. 다른 사람들과 같이 나도 소셜 미디어에서 개똥 같은 시간들을 가졌다. 소셜 미디어는 많은 사람에게 힘든 장소이기도 하다.

극단을 강화한다

걱정되는 점은 소셜 미디어가 모든 사람을 극단적으로 만들었다는 점이다. 주목받기 위해서 극적인 무언가를 하거나 극단적인 무언가를 경험할 필요성을 느낀다. 그런 게 다 나쁜 건 아니지만, 이런 극적인 일은 많은 좋아요와 관심을 받기 때문에 사람들은 더 이상 평범한 걸로는 충분하지 않다고 여겼다. '평범'하면 잊혔고 아무도 관심을 두지 않았다.

우리가 모자라다는 느낌을 준다

우리가 소셜 미디어에서 많은 것들을 보며 스스로를 부족하다고 느끼게 된다는 점을 까먹기 쉽다. 부족함 때문에 소비주의 사회는 가열된다. 광고업자와 기업들은 우리가 완벽한 피부, 빛나는 머릿결, 멋진 상품과 함께라면 더 나은 기분일 거라고 느끼게 만든다. 하지만 티끌만큼도 진실이 아닌걸. 싹 다 만든 얘기다.

생각해 봐라. 마지막으로 머리를 윤기 나게 만들어 주는 상품을 사고 나서 정말로 '멋지군. 지금 난 내 자신이 더할

나위 없이 행복하고 만족해'라고 생각한 적이 언제인가? 장
담하건대 없다. 효과가 없다! 실생활에서 우리 개인들이 딱
히 무언가가 부족하지 않기 때문에 그들은 우리에게 문제
가 되지 않는 것들로부터 이슈를 창출한다. 물론 몸과 머리
를 위해서 운동하고 건강하게 먹을 수 있다. 하지만 그게 꼭
필요하다는 건 아니다. 우리는 우리 그대로도 충분하다.

우리의 부정적인 면을 끌어낸다

소셜 미디어는 가장 안 좋은 성향을 끄집어낼 수도 있다.
클릭을 낚는 제목들을 보면 무슨 말인지 알 수 있다. 형편
없는 링크들은 결코 '이 사랑스러운 사람을 보세요'가 아니
라 '오, 얼마나 이 사람이 엉망진창인지 보세요'이다. 또한
부정적 편향을 이용하는 셈이다. 우리는 우리가 별로라 느
끼고 여기기 때문에 다른 사람들도 그러기를 바란다. 하지
만 부정적인 것을 좇다 보면 절대 우리 스스로를 좋은 기분
으로 볼 수 없다.

괴물과 안티에게 먹이를 준다

당연히도 인터넷 안에는 괴물이 있다. 대중의 눈에 나는
전반적으로 매우 운이 좋았는데 업계의 다른 여성 아티스트
와 비교했을 때 소셜 미디어상에서 사람들이 나를 착하게

대해 줬다. 사람들은 다른 사람들에 악의적으로 굴 수 있는데 나는 모두가 증오를 던질 때 어떻게 정신적으로 대처해야 하는지 궁금했다. 다행히도 나에게는 나를 팔로우하는 사람들이 있다. 만에 하나라도 나에 대한 안 좋은 말이 생긴다면 나보다 내 팬들이 더 크게 일어나 나를 지켜줄 것이다! 지금껏 날 버티게 해 준 단 하나의 이유다. 하지만 늘상 욕만 먹었다면 다시는 온라인에 접속하지 않았겠지.

부정적인 말도 나쁘지만은 않은 경험으로 지나온 나지만, 스스로에 대해 내가 느꼈던 감정이 저격당할 때는 귀를 닫기 힘들었다. 스스로에게 행복해졌을 때 나는 비로소 부정적인 댓글들에서 벗어날 수 있었다. 몇 년 전 누군가 내가 올려놓은 사진을 보고 뚱뚱하다고 했다면 나는 곧바로 받아들였을 것이다. 하지만 지금은 나 자신을 사랑해서 그것들이 예전과 같은 방식으로 나에게 영향을 주지 못한다. 누가 지금 나에게 "머리가 거지 같아요"라고 말한다면, 나는 '하하하하하. 너 참 웃기네. 그렇지 않아. 내 머리는 정말로 멋져. 꺼져'라고 반응할 수 있다.

불안감을 느낀다면… 소셜 미디어에서 건강한 미래를 찾기 위한 매니페스토(선언서)

나쁜 부분들을 도려내고 바꾼다면 소셜 미디어는 더 나아질 수 있다. 소셜 미디어를 더 행복한 공간으로 만들고 우리 자신이 더 행복해지기 위한 아이디어다.

억지 긍정 말고 자연스러운 솔직함

소셜 미디어는 어렵다. 스스로 *되어야만* 한다고 생각하는 사람이 될 수 있어, 슬플 때도 행복한 척할 수 있다. 이는 누구도 도울 수 없는 해로운 긍정성 경향이다. 오직 삶의 완벽한 모습만 보여 주는, 모든 게 대단하다는 가식을 던져 버리자. 삶의 어지러운 부분에 솔직해지자. 어떤 일들은 멋지지만 때로는 멋지지 않다. 아기를 가지면 완전한 천사일 때의 사진들만 올리지 말고 네 품 안에서 아주 난리일 때의 사진들도 올리자. 진실을 보여 줘라. (엄마가 되고 싶은 이들한테 무엇이 기다리는지 보여 줘라.) 우리 자신이 되자.

싫어요 말고 좋아요

대체 왜 유튜브에는 '싫어요' 버튼이 있는 걸까? 그게 누군가를 어떻게 돕고, 왜 대관절 우리에게 필요하다는 걸까? 생각해 보면 참 이상하다. 그들이 한 행동 때문에 공공연하게 누군가에게 안 좋아한다고 말하는 게 통용된다니. 예전에 말했듯이 무얼 생각할 수는 있지만 꼭 그걸 말해야 하는 건 아니다. 온라인에서 증오를 피워 올리지 말자. 작디작은 '싫어요'도 누군가의 기분을 망치기 쉽다. 부정적인 에너지를 발산하지 말자.

일상을 축하하자

소셜 미디어에서 미친 짓을 하는 사람들이 아니라 일상적인 멋짐을 축하하자. 멋지고 일상적인 일들을 하는—좋은 친구가 되고 학교나 회사에서 잘해 나가고 도움이 필요한 사람을 돕고 작고 의미 있는 목표를 성취하는—사람들을 지지하자.

웃기는 필터 쓰기

우리가 대충 아무거로나 보이게 하는 정말 기가 막힌 필터들이 있다. (누가 우리의 얼굴을 개구리나 레몬처럼 보이게 하는 아이디어를 냈을까?) 친구들과 우스꽝스러운 사진들을 돌려 보면 정말 재밌다. 이런 필터들을 사용해 우리의 특별함을 없애고 가짜의 아름다운 '이상향'을 좇지 말고 그냥 웃자.

소셜 미디어에서의 현재 삶

예전보다 나는 소셜 미디어와 훨씬 나은 관계를 갖게 되었다. 하지만 모두가 그렇듯이 나도 소셜 미디어에 접속하면 스크롤을 내리다 날을 다 샜다! 다른 사람의 삶을 보기 위해서 소셜 미디어로 가는 게 아니었다. 내 자신에 관한 글을 올리기 위해 갔지만 갇혀 있었다. 요즘 온라인에 가는 주된 이유는 내 팬들과 소통하기 위해서다. 특히 내 음악을 통해 그들이 화합하는 모습이 보기 좋다. 라이브로 공연하는 걸 제외하고 내가 맡은 일을 잘하고 있다는 걸 아는 직접적인 방법이 없었다. 의사는 사람들을 낫게 하면 치료를 잘했는지 여부를 알 수 있다. 내 직업은 다르다. 그래서 온라인에서 내 음악이 사람들에게 얼마나 중요한지를 볼 수 있다는 건 특별한 기분이었다.

또 내 인스타그램 글들이 개인적인 치료처럼 느껴지기도 했다. 꾸역꾸역 자리에 앉아서 지금 뭘 느끼고 그날 기분이 어땠는지를 생각하고 적는다. 내가 조언을 나눠 주려 한다고 생각할 수도 있지만 사실은 스스로에게 말하는 거다. 이런 방식으로 감정에 관한 내용들을 많이 써 나갔다.

내가 배운 가장 크고 중요한 교훈 중 하나인
털어놓기의 미학이다.

요새 내가 가장 좋아하는 일 중 하나는 #TherapyIn15이다. 매주 일요일에 하려고 하는데 영국 시간으로 오후 3시에 15분간 사람들이 느끼는 감정을 털어놓는다. 안전한 장소이다. 나는 줄 수 있는 가장 좋은 조언을 주려고 노력한다. 몇 년 전에는 #AgonyAnne이라고 불렸는데 그 후 #Speak YourMindin15mins이 되더니 Therapyin15가 되었다. 사람들에게 한 주간 어땠는지를 물어보는 데서 시작했다. 진짜로 어떤 일들이 일어났는지에 관해 생각하고 마음속 깊이 담긴 고민을 털어놓게 되었다. 할 수 있다고 느끼는 모두가 참여해서 다른 사람들을 돕길 권장한다.

작은 일이지만 내가 하는 일이 효과가 있고 사람들을 도와서 차이를 만들어 냈으면 한다.

이 일을 하면서 삶의 목표를 찾았다. 나는 사람들이 좋은 기분을 가지길 원한다. 그게 내가 하는 모든 일에 녹아 있다. 노래를 작곡하면서 여러 주제에 관해 이야기하는데, 그로 인해 사람들이 자신이 놓인 상황을 긍정적으로 바라봤으면 한다. 온라인 테라피도 마찬가지다. 내가 누군가의 가슴속 응어리를 떨쳐내거나 다른 이에게 더 친절한 사람이 되도록 도울 수 있다면 그야말로 멋진 일이다.

접속 종료를 배우다

항상 핸드폰을 손에 끼고 살 필요가 없어서 다행이다. 나는 핸드폰을 얼마간 치워 놓곤 한다. 틈틈이 삶에서 핸드폰을 떼어 놓는 건 신나는 일이다. 나는 아침이나 점심 동안 수월하게 다른 곳에 핸드폰을 두고 아예 안 볼 수 있다. 이렇게 하면 그 순간을 제대로 사는 기분이다. 나는 살아 있다. (또 기억력이 더 좋아지는 것 같다.) 아티스트로서 핸드폰에 접속하는 일이 내 직업의 일부분이라서 더 쉽게 느껴지는 것 같기도 하다. 접속은 의무이기 때문에 나는 자주 접속해 있다. 만약 선택이었다면 아마도 쉽지 않았을 것이다. 모든 사람들에게 강력 추천한다. 한 번씩 핸드폰을 끊으면 기분이 정말 좋다. 그리고 아는가? 몇 분 간격으로 계속 소셜 미디어를 체크하지 않아도 세상이 무너지지 않는다.

반응에서 동정으로 나아가다

우리가 서로에게 공감을 가질 수 있다면 세상에 개 같은 일이 그렇게 많지 않을 거다.

다른 사람을 동정하는 건 스트레스를 낮추고
많은 문제를 줄인다.

내가 불행한 사람이었을 때, 소셜 미디어에서 나는 즉각적으로 화가 끓어올랐다. 당장 채찍을 후려치고 싶었다. 나에 관한 안 좋은 말—단 한 개의 댓글이라도—을 읽으면 그걸 받아들였다. 내 안에 의심을 심고 나락으로 떨어져 종국에는 화가 났다.

하지만 내가 말했듯이 사람들은 기분이 개떡 같을 때 소셜 미디어에서 끔찍하게 군다. 아마도 내가 했을 법한 복수를 택하기 전에 심호흡을 한 번 하고 저런 말을 쓰기 위해 그들이 겪어야만 하는 것에 대해 생각해 보자. 그럼 그들을 가여워하고 동정 어린 눈으로 그들의 코멘트를 바라보게 된다. 내 생각엔 스스로를 사랑했다면 모두가 선해짐에 세상은 더 좋은 곳이었을 것 같다. 사람들은 자신을 사랑하지 않기 때문에 부정성을 내놓는다.

내 생각을 바꾼 사람은 아티스트 겸 유튜버인 KSI였다. 우리는 2021년에 'Don't Play'란 곡을 같이 냈는데 하루는 그가 그의 댓글을 살펴보는 자리에 있었다. 나쁜 코멘트들이 몇 개 달렸는데도 그가 개의치 않는 걸 보고 궁금해하며 물었다. "웃기다, 그지?" 그가 말했다. "그렇게 생각한다니 웃겨. 코미디지." 그는 그를 알지도 못하는 사람들이 그에 대한 의견을 가지는 걸 유쾌하게 받아들였다. 그때부터 이 모든 게 아무 상관없다고 느꼈다. 갑옷을 두른 것처럼 웃어 넘기게 됐다.

소셜 미디어와 나은 관계를 형성하는 다섯 가지 방법

> 글을 올리고 싶을 때만 접속하라. 심심하다고 핸드폰을 손에 쥐지 마라.

> 코멘트를 꺼 놓아라. 꼭 읽어야 하는 법은 없다. 임의적인 사람들의 무작위의 의견을 흡수하지 않아도 된다.

> 밖에 있을 때 탁자에 핸드폰을 올려놓지 마라. 가방이나 주머니에 넣고 친구와 가족에게 마땅히 줘야 할 관심을 보이자.

> 알람 시계로 쓰지 마라. 일어나자마자 손에 넣고 기분에 영향을 주는 뭔가를 보는 건 피할 수 있다.

> 핸드폰에서 소셜 미디어 앱을 지워라. 때때로 나는 앱을 한동안 지워 놓는다. 짧게 휴식을 취하면 편안해진다. 앱 시간 조절 기능은 쓸모없다. 나는 그냥 무시하기 버튼을 누르거나 15분마다 '15분 후에 알려 줘' 버튼을 누른다.

소셜 미디어와 분리하기

아티스트가 되어서도 다른 이름으로 불리기보다 앤 마리란 이름을 계속 쓴 건 가능한 한 내가 *나*이기 위해서였다. 그렇다면 소셜 미디어에서도 나 자신일 수 있었다.

'나'와 '소셜 미디어상의 나' 사이에 불일치를 느낀 적이 없다. 나는 내가 글을 올리고 싶었기에 올렸고,

> *진정한 자아를 소셜 미디어상에 내보인다.*
> *물론 실수들을 하면서 소셜 미디어를 대하는 태도를*
> *배웠지만 말이다.*

사람들 눈에 가짜로 비치는 게 싫다. 나는 가능한 한 진짜이고 싶다. 몇몇 사람은 실생활에서의 모습과 소셜 미디어상에서 보이는 페르소나가 다르다.

가령 몇 년 전에 나는 홍보를 위해 두 명의 소셜 미디어 스타를 만났다. 함께 영상을 녹화하기 위한 준비를 다 해 놓고 호텔에서 만났을 때 그들은 부끄러움에 입도 떼지 못했다. 그런데 핸드폰을 설치하자 갑자기 에너지로 이글거리고 자신감이 뚝뚝 묻어났다. '미치겠네.' 카메라 앞에서 그들은 다른 사람이었다. 그들의 본모습과 소셜상의 모습의 괴

리에 대해 걱정하게 됐다.

내가 아닌 사람을 거기에 올려놓고 싶진 않다. 지금부터 '완벽한' 내용의 게시물만 올리겠다 다짐할 수 있지만, **왜 그래야 하지?** 3가지 이유에서 그렇게 올리지 않겠다. 1. 노력이 많이 든다. 2. 나는 어느 때나 좋아 보이지 않는다. 3. 빌어먹을 실제 삶이 아니다.

좋은 날을 보내거나 의상이 맘에 들거나 자유분방하고 자신감 넘치는 기분이라면 그에 관해 글을 올려라. 백 퍼센트 축하하고 행복한 날들을 공유해라. 하지만

무조건 너의 가장 좋은 모습들만 소셜 미디어에 올리는 버릇을 들이지는 마라. 인식의 함정에 빠질 것이다.

삶에 결점이 하나도 없는 척하면 모두가, 특히 스스로 불행해진다. 날 믿어라. 당신은 그보다 나은 존재다.

만일 내가 이 구멍에서 나올 수 있다면,

뭐든지 할 수 있다.

마지막으로 전하는 말…

엉망진창으로 입고 돌아다니는, 실없고 남을 의식하지 않는, 머리가 떨어져 나가도록 웃는, 게임을 하면서 팔짝팔짝 뛰는 어린애들을 바라보면 무슨 생각이 드는가? 그들을 비웃으며 '꾀죄죄하고 멍청한 것들. 얼마나 부끄러운지 몰라'란 생각을 하진 않는다. 오히려 그 반대로 생각한다. 그렇지 않나? 우리는 그들을 아름답고 즐겁고 태평한 존재로 본다. 그들을 보며 미소 짓는다.

뭐, 나는 그렇다. 순전히 기쁘게 바라보고 그들이 걱정 없이 살아가는 것에 행복해한다. 그들은 그들 자신으로서 존재함에 만족한다. 멋지네. 한때 우리 모두는 그와 같았다.

왜 변해야 했을까? 자라면서 우리는 삶에 책임감을 갖고 가족과 친구에 대한 애정을 갖는다. 중요한 가르침이다. 하지만 많은 부분을 돌이켜보면 우리는 어린이로서 본능적으로 알았던 긍정적인 면들을 잃어버린 채 부정적인 면들—불안, 스트레스, 자기의식, 그 외의 많은 것들—을 지닌 어른이 되어 간다.

내면의 기쁨을 되찾다

나는 어린아이였을 때 좋아했던 것들과 다시 연결되면 더 행복한 사람이 되었다고 여긴다. 자연 속에 있는 것을 예로 들자. 요전에 농장으로 휴가를 떠났다가 농장 주인과 얘기를 나누었다. 내가 얼마나 농장을 좋아했는지 말하며 다시 돌아가고 싶다며 감사 인사를 했다. "감사할 대상은 내가 아니에요. 전 아무것도 한 게 없어요." 그가 말했다. "당신에게 에너지와 행복을 준 건 이 땅이죠. 자연이 했답니다."

그가 옳았다. 꼬맹이였을 적부터 나는 자연에 있기를 갈망했다. 야외 활동을 하고 싶어서 공원이나 숲속 나무 사이에서 놀았다. 어렸을 때는 *이유*에 대해 고민할 필요가 없이 저절로 내 안의 무언가—우리 모두의 안에도 있다—를 알았다. 우리는 자신의 일부분이자 이 행성의 일부분으로서 이걸 간절히 원한다. 여전히 자연 속에 머무는 걸 사랑하는,

그 시절 나와 다르지 않다는 걸 다시 깨달으니 행복해졌다.

우리가 자라면서 가지게 된 나쁜 습관들을 잊어야 한다고 생각한다. 아름다운 어린 시절로 돌아가자. 자연스럽게 우리 안에 있던 그 행복과 기쁨으로 가자. LA의 심령술사들이 했던 내면의 아이를 잊지 말라던 말과 일맥상통한다. 테라피에서 얻은 놀라운 결과 덕분에 나는 배웠다. 즉,

행복의 큰 부분이 이미 내 안에 있다고.

현재 나를 행복하게 만드는 건 과거 나를 행복하게 만들었던 것들이다. 어른이 되면서 그것을 가까이하고 즐기는 법을 까먹었을 뿐이다.

우리는 우리의 머리를 돌봐야 한다

건전하고 건강한 삶을 살아가기 위해 우리 대다수는 몸을 돌봐야 함을 알고 있다.

운동하고 잘 먹어라. (가끔은 훌륭한 마사지도 받아라.) 신체 건강을 돌봐야 한다는 건 잘 알려진 사실이다. 근데 어째서 머리는 신경 쓰지 않는 걸까? 왜 머리가 우리가 처넣는 쓰

레기를 계속 받아 낼 거라고 생각할까? 맞아, 우리의 머리는 그 역할을 잘 해낸다. 기능하고, 이해하고, 기억을 잇고, 새로운 연결점을 매초마다 만들며 우리를 한데에 모으지. 그러나 머리도 휴식이 필요하다. 더욱이 관리가 필요하다. 쉬게 해 줘라, 터지기 전에! (진짜 터지지는 않는다. 뭔 말인지 알 거다.) 친구가 엄청 좋은 비유를 던져 줬다. 우리가 긴 산책을 하고 오면 다리를 쉬게 하려고 휴식 시간을 가진다. 안 그런가? 그런데 마음에는 휴식 시간을 주지 않는다….

두뇌 건강을 돌봐야 한다고 생각해 본 적은 없었다. 우리의 뇌이자 기관임에도 불구하고 실체를 가진 어떤 것이라고 보지도 않았다. 끝장나게 큰데도 불구하고 말이다. 너무 많은 일이 여기서 일어나고 365일 돌아간다. 우리가 잠잘 때조차도! 하지만 우리는 두뇌에 관해선 잠시 미뤄 두고 그걸 돌보지도 정신 건강을 신경 쓰지도 않은 채 그저 괜찮다고만 한다. 하하. 정신 건강은 신체 건강과 같다. 모든 부분을 챙겨라. 당신의 뇌를 포기하지 마라.

우리 뇌에 관해 숨겨진 과학을 알게 되니 신기했다. 그래서 더 많은 책을 읽게 되었고 내 치료사에게 우리가 특정한 방식으로 느낄 때 실제로 어떤 일이 일어나는지에 관해 물어보는 걸 좋아한다. 의식적인 상태에서 우리가 다섯 가지의 생각을 한 번에 처리할 수 있을 뿐 아니라 하루에 대략

육만 가지의 생각을 한다는 사실은 무척이나 놀라웠다.

'뭐라고!' 무의식의 감독 아래 깨닫지조차 못하는 상태에도 뇌에서는 수천 가지의 생각들이 소용돌이친다. 우리가 괜찮을 수 있게 뇌가 어마무시하게 노력한 덕분에 우리는 안전하게 살아간다. 보답으로 우리는 우리 모두 정신 건강이 있고 우리 모두가 이걸 챙겨야 한다는 사실을 받아들여 뇌를 돌봐야 한다. 그건 두렵거나 수치스러운 일이 아니다.

평생 나는 정신 건강을 뇌와 완전 별개로 생각해 왔다. 눈에 보이는 큰 문제를 실제로 겪고 있는 사람들에만 결부 지어 생각해 왔다. 하지만 그렇지 않다. 모든 의심과 부정적인 생각은 다 정신 건강이 우리에게 말하는 것이다. 우리 모두가 의심과 부정적인 생각을 가지듯이 정신 건강은 **우리 모두**와 관련 있다. 그 사실을 이해하고 받아들일수록 더 나은 사람이 될 것이다.

'테라피'는 트리거 단어가 아니다

테라피(치료)라는 단어를 한번 보자. 클레어는 굉장히 흥미진진한 사실을 지적했는데 우리는 우리를 트리거(자극)하지 않는 온갖 종류의 테라피에 대해서 이야기할 수 있다는 것이다. 예를 들면 쇼핑 치료, 물리 치료, 호르몬 치료가 있다. 하지만 그냥 '치료'라는 단어를 단독으로 쓰는 순간, 무슨 무서운 단어처럼 여기게 된다. 안 좋은 것으로 느껴지기에 테라피를 받는 사람은 무슨 큰 문제가 있거나 그걸 부끄러워해야 할 일처럼 생각한다.

하지만 예전부터 나는 테라피를 받는 것은 어떤 사람과 정말 좋은 대화 시간을 갖는 것과 마찬가지라고 생각했다. 잘만 한다면 친한 친구와 시시콜콜 채팅하는 것과 같다. 우리 스스로를 더 잘 이해하도록 도와줄 뿐만 아니라 더 잘 살 수 있게 해 준다.

예전에 어떤 사람이 다른 사람과의 대화가 우리를 어떻게 도와주는지 좋은 비유를 한 적이 있다. 우리의 뇌가 리넨 찬장이고 생각과 감정들이 그 속에 들어 있는 수건과 옷이라고 상상해 보자. 말하지도 되짚어 보지도 않는 것은 그저 수건과 옷들을 매일매일 집어 던져 놓고 문을 급하게 닫아 버리는 것과 같다. 그러다 다시 문을 열면 전부 다 쏟아져 내리게 된다. 하지만 감정들을 쭉 이야기하는 건 각각의 물건들을 시간을 들여 알맞게 잘 접어서 조심히 넣어 두는 것과 같다. 생각과 감정들이 어지러이 사방에 떨어지지 않도록 잘 돌보고 관리할 수 있게 된다.

알다시피, 난 그간 운이 좋게도 테라피를 접하면서 인생

이 바뀌었다. 그렇지만 모든 사람이 나와 같은 경험을 하지는 않는다. 어떤 사람은 테라피 자체를 접하기 힘들 수도 있다. 이 책에서 다뤘던 많은 다양한 방법들이 네가 테라피를 받기 힘들 때 스스로를 돌볼 수 있는 데에 도움이 되었길 바라본다. 그러니까 앞으로 테라피라는 단어 그 자체를 더 긍정적인 방향에서 이야기해 보자.

이제 당신의 몫이다

이 책을 끝까지 다 읽었다고 해서 당신의 문제가 모두 해결되었다는 뜻은 아니다. (나도 마찬가지다!) 우린 모두 열심히 노력 중이다.

이 말들을 받아들이고 실행에 옮길지는 이제 당신의 몫이다.

이번이 이 책을 읽는 마지막이 되지 않기를 바란다. 한 번 읽는 걸로는 다 배울 수 없다. 스스로 잘 맞는 방법을 계속 시도해 보길. 특히 와닿았던 부분으로 가 메모를 하고, 색칠도 해 보고, 계획을 세우고, 작은 습관부터 바꾸고, 대화를 시작해 봐라. 가능하다면 쭉 훑어보기도 해 봐라. 이 책에다가 그림을 끄적거리고, 메모도 적고 나면 내가 볼 수 있게 해시태그 #YouDeserveBetter를 사용해서 온라인에 공유해 주었으면 좋겠다. 사람들한테 살면서 느끼는 점, 당신의 감정을 공유하고 괜찮지 않을 땐 그런 척하지 마라.

뭐가 되었든 간에 그냥 한번 **해 봐야** 한다. 그냥 따라 읽으면서 고개를 끄덕이는 동안 아무것도 바뀌지 않는다. 난이 불편한 진실을 실제로 몇 년간 몇 번이나 겪어 보고 나서야 실행에 옮겼다.

내 이런 경험들이 도움이 되었으면 하는 바람에 공유하게 되었다.

퍼즐을 맞추다

이 책에서 신체 이미지에서부터 커리어, 스타일, 자기 관리까지 우리 삶의 모든 다른 부분에 관해 이야기해 보았다. 그리고 그 하나하나의 요소들은 다 연결되어 있다. 전부 따로 작용하고 독립적으로 나뉜 게 아니다. 커리어가 그 자체로 친구들과의 우정과 서로 각각 영향을 전혀 미치지 않는다고 이야기할 수 없다. 우린 전체이고 이런 모든 것들로 이루어졌고 끊임없이 그걸 경험하고 있다. 인생은 어지럽다.

우리 삶의 모든 부분이 직소 퍼즐의 작은 조각들이고,
그 퍼즐이 맞춰질 때 모든 일이 잘 돌아가게 된다.

　내 이야기를 공유함으로써 내 모든 경험이 얼마나 결합되었는지 잘 보여졌기를 바란다. 내 삶의 부분 부분에 만족하지 않고 스스로 노력했던 것이 더 발전할 수 있었던 이유였다. 가끔씩 인터뷰에서 "언제부터 그렇게 자신감이 넘쳤어요?"라는 질문을 받곤 한다. '내가 어떻게 알아!' 내가 아는 건 그냥 딱 어떤 한 가지가 나에게 자신감을 준 건 아니라는 사실, 많고 많은 작은 것들이 서로서로 연결되고 연결되어 나를 더 행복하고 나은 사람으로 만들어 자신감을 주었다는 사실이다.

　그러니까 감정을 가둬 두지 마라. 울고 싶으면 울고, 화내고 싶으면 분노하고, 웃고 싶으면 웃어라. 힘든 시기를 보내고 있을 땐 스스로를 돌보기 무진장 힘들고 고통스럽고 슬프다. 하지만 바로 그 감정들이 당신이 변하는 계기가 된다. 그리고 그 변화는 아름답기만 하다.

　넌 충분해. 넌 반짝반짝 빛나. 넌 그 자체로 소중해.

　You deserve better!

내 이야기를 읽어 줘서 고마워. 이제 너의 차례야.

Anne-Marie xx

모두들 감사합니다

내인생 이야기가 책으로서 담을 가치가 충분하다고 믿고 이 책의 발행을 담당해 준 루를 비롯해 오리온사에 감사를 표하고 싶습니다. 루, 같이 일하게 되어 너무 멋졌고 내 비전을 믿어 주어 이 전 과정을 진행하는 데 큰 도움이 되었어. 베키, 네가 나눠 준 모든 시간과 에너지, 전문 지식에 감사해. 왓츠앱Whatsapp을 계속 보내서 미안했어. 각각 음성 녹음하고 편집한 끝에 드디어 우린 해냈어! 내 사랑스러운 담당자인 데이비드 라이딩. 나를 출판이라는 새로운 세상으로 데려다줘서 고마워. 내 변호사 니키. 우릴 소개해 줘서 고마워.

이 모든 것을 가능하게 해 준, 늘 나에게 최고의 매니저가 되어 주는 재즈! 나를 책으로 다시 인도해 주고, 내 인생을 바꾼 많은 것들을 추천해 줘서 고마워. 네가 없이는 불가능했을 거야.

내 인생을 다시 시작할 수 있도록 도와준 멋진 나의 치료사. 매주 내 거지 같은 이야기를 들어 줘서 고마워. 네 덕분에 내 인생이 엄청나게 바뀔 수 있었어. 그리고 이 책을 읽어 준 모든 분께! 내가 그녀에게서 배운 것들을 이 책에서 나누고자 했는데 그게 여러분의 삶도 더 멋지게 바꿔 주길 바랍니다.

나에게 기쁨을 주는 나의 친구들. 너희를 만나 행운이라고 생각해. 너희에 관해 쓸 수 있어서 정말 재밌었어. 이 책에 언급한 모든 친구들, 내가 기쁠 때나 슬플 때나 늘 나를 지지해 주어 고마워.

내가 하는 모든 것들을 응원해 주는 우리 가족들 늘 사랑해요. 난 우리 가족이 항상 모든 것들을 열린 마음과 친절함으로 대하는 점이 너무 좋아요. 엄마, 아빠, 할아버지, 그리고 샘 모두 너무너무 사랑해요.

나를 받아 주고 내 성공을 응원하고 지지해 준 음악 산업 관계자들도 고마워요. 여기까지 오는데 긴 여정이었지만 이제 무엇이든지 편안한 마음으로 임할 수 있을 거 같아요. 이 업계에서 동료들로부터 지지받고 존중받는다는 것은 최고의 기분이에요!

또 내가 출연했던 모든 TV쇼, 나와 일했던 모든 브랜드. 나를 믿어 주고 함께해 줘서 고마워요. 지금까지도 늘 감사해요. 내 음악을 틀어 주고 응원해 주는 모든 라디오 DJ들! 고마워요! 아직도 내 노래가 라디오에서 들리면 너무 행복해요… 아마도 영원히 그럴 거예요!

내가 살아오며 만난 모든 사람들에게, 모르는 사이에도 나를 어떤 식으로든 좋게 변화시켜 주었다는 것에 감사해요. 나는 행운아예요. 여기 있어서, 살아 있어서, 내 이야기를 말할 수 있어서 행운이라고 생각해요.

마지막으로 이 책을 선택해 준 **당신께** 감사합니다.

Love,
Anne-Marie xx

행복을 찾기 위한 불완전한 안내서
알잖아, 소중한 너인걸

펴 낸 날 | 초판 1쇄 2022년 2월 14일
　　　　　초판 2쇄 2022년 9월 16일

지 은 이 | 앤 마리
옮 긴 이 | 김유경

표지디자인 | 별을 잡는 그물 양미정
본문디자인 | 이가민
책 임 편 집 | 강가비

펴 낸 이 | 차보현
펴 낸 곳 | 데이원
출판등록 | 2017년 8월 31일 제2021-000322호
편집부(투고) | 070-7566-7406, dayone@bookhb.com
영업부(출고) | 070-8623-0620, bookhb@bookhb.com
팩　　스 | 0303-3444-7406

알잖아, 소중한 너인걸 © 앤 마리, 2022
ISBN 979-11-6847-031-6 (03840)